PAUL MARTIN
UND
DIE ZAUBERLUPE

Papier aus verantwortungsvollen Quellen
Paper from responsible sources
FSC® C105338

Bibliografische Information der Deutschen Nationalbibliothek: Die Deutsche Nationalbibliothek verzeichnet diese Publikation in der Deutschen Nationalbibliografie; detaillierte bibliografische Daten sind im Internet über dnb.d-nb.de abrufbar.

TWENTYSIX – der Self-Publishing-Verlag
Eine Kooperation zwischen der Verlagsgruppe Random House und BoD – Books on Demand

Herstellung und Verlag:
BoD – Books on Demand, Norderstedt

ISBN: 978-3-7407-6599-6

Georges Alexandre Vagan

PAUL MARTIN
UND
DIE ZAUBERLUPE

Roman

2020

N
W
S
JARDIN DU RANELAGH
Avenue Prudhon
Avenue Ingres
Boulevard de Beauséjour
Rue d'Andigné
Rue du Ranelagh
Avenue Mozart
Chaussée de la Muette
Rue du Conseiller Collignon
Boulevard Emile Augier
Rue de Boulainvilliers
Avenue Paul Doumer
Rue de l'Annonciation
Raynouard
Rue Vital
Rue de Passy

Prolog

Am frühen Morgen trat ein stattlicher Hirsch aus dem Wald. Auf seinem Rücken saß ein Junge. Vor ihnen lag ein weites weißes Feld, an dessen hinterem Ende als schwarze Linie eine Bucht zu erkennen war. Am Himmel glühte vielfarbig das Nordlicht, grünlich mit violettdunkelblauen und goldenen Schattierungen. Dieses Himmelsbild spiegelte sich in der schneebedeckten Ebene, so dass nur schwer zu sagen war, wo der Himmel aufhörte und die Erde begann.

Offenbar suchte der Hirsch auf dem vor ihm ausgebreiteten flirrenden Bild angestrengt nach etwas Bestimmtem, einem fehlenden Puzzleteil. Endlich fand er es.

„Dort ist es!“, rief er.

„Was denn?“, fragte der Junge.

„Siehst du? Auf der Seite des Feldes, rechts, leuchtet ein Häuschen.“

„Hier leuchtet alles!“

„Die schwarze Uferlinie – siehst du die?“

„Sehe ich“, antwortete der Junge.

„Schau genau geradeaus und dann ein wenig nach rechts.“

Auf der Linie stand ein kleines, kaum sichtbares Fischerhäuschen, aus dessen Schornstein leichter Rauch emporstieg.

„Wir sind am Ziel!“

Der Hirsch setzte zu einem großen Sprung von dem Hügel an, an dem der Wald endete, so dass es dem Jungen schien, als flögen sie, und überquerte das scheinbar endlose Feld in großen Sätzen. Die Umrisse des Häuschens wurden deutlicher und man konnte schon zwei Fenster erkennen, durch die ein goldenes Licht fiel. Kurze Zeit später lag das Feld schon hinter ihnen und der Wald war nur noch eine dunkelgrüne Linie am Horizont. Vor den Weggefährten öffnete sich eine schöne, scheinbar gläserne Bucht, in der das unscheinbare niedrige Häuschen stand. Der Junge versuchte, in den vereisten Fenstern etwas zu erkennen, sah aber nichts.

Der Hirsch neigte sich, damit sein Reiter absteigen konnte. Der Junge sprang geübt vom pelzigen Rücken und landete vor der Tür des Hauses. Staubige Bohlen, die durch geschmiedetes Eisen zusammengehalten wurden; am oberen Türende hingen Glöckchen, die bei Windstößen melodische Laute erzeugten.

Das diente wohl dem Zweck, das Haus im Schneesturm zu finden, dachte der Junge bei sich. Der Hirsch stieß ihn mit seiner Schnauze an die Schulter, um ihn zu ermutigen.

„Na, mach schon."

Der Junge klopfte an die Tür und hörte eine Stimme: „Herein."

Er drückte mit der Hand gegen die Tür, die jedoch nicht nachgab. Also stieß er mit zwei Händen und seiner ganzen Kraft gegen sie und flog unerwartet in den Raum hinter der Tür. Dabei stolperte er über die verschneite Türschwelle und glitt plötzlich wie auf Skiern über den glatten Boden.

„Schneemann, Schneemann!", erklangen Stimmen, begleitet von einem freundschaftlichen Gelächter.

Der Junge schaute immer noch konzentriert auf den Boden und versuchte seine auseinandergerutschten Füße zu sortieren, was ihm erst dadurch gelang, dass er sich am Hals des Hirsches festklammerte, der nach ihm eingetreten war.

„Och, ich wäre fast hingefallen!"

Der Junge schaute sich um und sah ein merkwürdiges Bild: Er befand sich in einem geräumigen Saal. Von überall her schauten ihn Zwerge in verschiedenfarbigen Kaftanen an, die sich vor Lachen kugelten und immer wieder „Schneemann, Schneemann!“ riefen.

„Wen meinen sie denn?“, fragte sich der Junge, aber außer dem Hirsch war niemand zu sehen. Da dämmerte es ihm, dass er gemeint war. Auf dem Weg hatten ihn Lagen von Schnee bedeckt, so dass er tatsächlich einem Schneemann ähnelte.

„Ich bin doch kein Schneemann“, sagte er leise.

Ein leichtes Klopfen war nun zu hören und alle verstummten.

„Zur Sache!“, ertönte eine laute Stimme.

Der Junge verstand, dass da eine wichtige Person sprach. Der Ton der Stimme ähnelte den Kommandos des Polizisten, der den Verkehr vor seiner Schule regelte.

Am anderen Ende des Saales erblickte er einen soliden, untersetzten Zwerg in einem himmelblauen, mit Gold bestickten Kaftan, auf dem ein sehr langer Bart lag. In den Händen trug er einen goldenen Stab, mit dem er zweimal auf den Boden schlug, bis die anderen Zwerge auf sein Kommando hörten.

Der Anführer der Zwerge betrachtete erst den Hirsch und dann den Jungen aufmerksam, nickte mit dem Kopf und gab ihnen das Zeichen, dass sie sich nähern durften. Je näher der Junge kam, desto mehr konnte er Details des Zwergenkostüms ausmachen. Unter dem langen Bart schimmerte ein silberner Gürtel mit einem sternförmigen Verschluss. An den Füßen sah er Pantoffeln mit nach oben gebogenen Spitzen, die mit grünen und blauen Steinen besetzt waren.

Der Zwerg gebot beiden, in einer Entfernung von etwa zehn Schritten stehen zu bleiben.

Der Junge ertappte sich bei dem Gedanken, dass sie wohl nicht da gelandet waren, wo sie hinwollten, aber der Zwerg unterbrach seine Gedanken.

„Wer seid ihr und was hat euch zu uns geführt?“, fragte er.

Seit der Junge ins Innere der Halle gelangt war, hatte er seine Umgebung mit weit aufgerissenen Augen bestaunt. Die Größe des Saales überstieg bei Weitem die Abmessungen des Häuschens, das sie betreten hatten. An der Decke hing ein Stern, der den Weihnachtssternen ähnelte, die auf den Ansichtskarten abgebildet waren, die er im Kiosk der Mozart-Avenue betrachtet hatte. Um den Stern herum sah er zwölf Leuchter in Form der Sternzeichen. Der Junge hatte sie sofort erkannt, denn an der Decke seines Schlafzimmers waren die Sternzeichen in derselben Reihenfolge abgebildet. Die Vielfalt der Eindrücke verschlug ihm die Sprache. Es fühlte sich an, als wäre seine Zunge am Gaumen festgeklebt.

„Wie heißt du, junger Mann?“, wandte sich der Zwerg mit weicherer Stimme an ihn.

Der Junge wollte antworten, aber seine Stimme versagte und er schaute auf den Hirsch, der deshalb an seiner statt antwortete:

„Umstände, die keinen Aufschub dulden, brachten uns hierher.“

„... die keinen Aufschub dulden“, murmelte der Zwerg in seinen Bart. Nach kurzem Nachdenken befahl er zwei jüngere Zwerge zu sich, die freundlich lächelten.

„Hey, Elly und Kolly, bringt unsere Gäste zum Kamin, damit sie sich aufwärmen. Und gebt ihnen reichlich zu essen. Aber“, er schaute streng durch seine funkelnden Brillengläser, „bedrängt sie nicht. Mögen sie sich ausruhen.“

„Ich werde über Ihre Ankunft berichten“, erklärte er dem Hirsch, wobei seine Stimme weniger offiziell klang. Kaum dass er dies gesagt hatte, drehte er sich auf dem Absatz um, um den Saal zu verlassen.

„Folgt uns!“, sagten Elly und Kolly gleichzeitig und gingen in Richtung des Sternzeichens Stier. Dort befand sich ein menschenhoher Kamin, in dem ein Feuer fröhlich loderte und knisterte. Daneben standen ungeordnet Sessel und Sofas. Auf dem Boden lag ein riesiger dicker Wollteppich.

Der Junge setzte sich in einen Samtsessel, der besonders nah am Kamin stand, und seine Beine, sein Rücken und sein ganzer unterkühlter Körper fühlten ein unvergleichliches Vergnügen durch die Wärme, die zärtlich bis ins Innere seiner Knöchelchen drang.

Der Hirsch breitete sich daneben auf dem Teppich aus und streckte seine Hufe dem Feuer entgegen. Die Zwerge hatten erkannt, wie müde ihre Gäste waren, und warteten schweigend, während diese die Wärme und Ruhe genossen.

„Warme Milch mit Honig!“, war die Stimme des Hirsches zu vernehmen.

Der Junge öffnete seine Augen und einer der Zwerge sprang herbei.

„Und was beliebt Ihnen?“

„Mir?“, fragte der Junge ungläubig zurück, denn er hatte im Leben noch nicht mit Zwergen geredet. Er dachte darüber nach und sagte nichts.

„Auch so verständlich“, antwortete der Zwerg mit einem Lächeln und beide Diener verschwanden durch eine kleine Tür neben dem Kamin.

Der Junge betrachtete den Hirsch. Sein Fell glänzte golden und das riesige schwarze Geweih mit den weißen messerähnlichen Enden thronte auf seinem stolzen Kopf, der in einen starken Hals und den Rücken übergïng, auf dem er den Jungen durch die Nacht getragen hatte.

Als sich die Tür neben dem Kamin wieder öffnete, sahen sie die ihnen bereits bekannten Zwerge mit Silbertabletts in den Händen. Auf einem Tablett standen ein Kristallkrug mit heißer dampfender Milch, eine goldene Schale und ein Holzfässchen mit Honig. Der Zwerg stellte das Tablett vor dem Hirsch ab und hinter ihm kam nun der Zwerg zum Vorschein, der genau so ein Tablett mit heißer Schokolade und Milchbrötchen sowie einem Buttertöpfchen für den Jungen gebracht hatte. Mit einer geübten Bewegung beförderte er ein Tischchen in die Nähe des Sessels und stellte dort vorsichtig das Tablett ab.

„Guten Appetit!“

„Danke!“, antwortete der Junge.

„Wir bleiben in der Nähe, um euch aufzuwarten. Ruft und alle eure Bitten werden erfüllt werden.“

Mit einem höflichen Diener entfernten sich die Zwerge durch dieselbe Tür.

Der Hirsch schlürfte seine Milch aus der goldenen Schüssel. Er sah sehr müde aus. Der Junge wandte sich ebenfalls dem Essen zu. Das Gefühl war überwältigend. Wenn du Hunger hast und du plötzlich ein frisches, cremegefülltes Milchbrötchen auf deiner Zunge fühlst! Das saftige Aroma erfüllt den Mund noch bevor es den Bauch erreicht und die warme Schokolade ergänzt den Genuss, so dass der ganze Körper von einer Welle des Glücks durchströmt wird.

Der Junge genoss so lange, bis der erste Hunger verflogen war und betrachtete dann den Ort, an den es ihn verschlagen hatte ...

Kapitel 1

Paul

Ein klarer Dezembertag. Rauchgeruch aus den Schornsteinen mischte sich mit den Aromen frisch gebackener Baguettes sowie dem Duft von Kaffee und heißer Schokolade.

Der Schnee, der morgens in großen Flocken gefallen war, um die ganze Stadt zuzudecken, war großteils schon getaut und eilte jetzt in kleinen Bächen gurgelnd an den Fußwegen entlang über die steinige Straße. Die Straßen, die zu den Plätzen La Muette und Passy führten, waren um diese Zeit voller Menschen. Kleine Kinder planschten mutwillig mit ihren Schuhen in die Pfützen und erbauten sich an den funkelnden Spritzern, die die Passanten trafen. Ärgerliche Eltern zogen die Kleinen am Arm, doch dies fruchtete wenig, denn die Kindheit ist unbeeindruckt von Vernunftgründen und strebt auf direktem Wege nach Freude – unbekümmert und reuelos.

Das große grüne Holztor der Schule in der Raynouard-Straße war noch verschlossen, aber die Eltern standen schon auf beiden Gehwegen und warteten auf ihre Kinder. Sie kamen immer etwas früher, um miteinander zu plauschen. Wie in einem Klub erfuhr man hier die neuesten Neuigkeiten und man verabredete sich, wer wen wann besuchen würde. Viele kannten sich gut, weil sie selbst einst zusammen in diese Schule gegangen waren. Und auch die Lehrer kannten die Eltern aus Zeiten, in denen sie Schüler gewesen waren, so dass alle zusammen – Eltern, Kinder und Pädagogen – einer riesengroßen Familie ähnelten. Der Polizist, der unweit am Zaun des Balzac-Hauses stand, schien ebenfalls alle zu kennen und Teil der Familie zu sein.

Alle redeten und lachten und schienen in ihr Gespräch vertieft, als das Quietschen des Tors die Aktivität augenblicklich stoppte. Alle verstummten unvermittelt und erzeugten dadurch eine kleine Pause zwischen zwei gewohnten Handlungen, als nun das lächelnde Gesicht von Madame Udou in einer geöffneten Torhälfte erschien, gefolgt vom Direktor Monsieur Plaie.

„Guten Tag, meine Damen und Herren", begrüßte er sie.

„Guten Tag", antwortete die Menge vielstimmig.

„Fröhliche Weihnachten, frohe Feiertage!", tönte der Direktor feierlich, während er vor die geschlossene Torhälfte trat und die zweite Hälfte freigab.

Die Eltern strömten nun in den Durchgang. Rechts standen die älteren Schüler und lösten sich nun nacheinander aus dem Kreis ihrer Freunde, während die Eltern die jüngeren Schüler aus dem inneren Hof abholten.

Die Tür des Klassenzimmers in der ersten Etage öffnete sich langsam und Kinder purzelten heraus wie Erbsen aus einer Konservendose.

„Schöne Ferien, Hektor! Wir sehen uns im neuen Jahr wieder!"

„Hahaha, Amoray, bleibst du hier oder fahrt ihr irgendwo hin?"

„Nein, ich bleibe hier. Wir können dieses Jahr nicht wegfahren. Meine Schwester ist krank."

„Grüß sie von mir. Dann sehen wir uns vielleicht?"

„Gern, na dann tschüs!" Und Amoray eilte lachend die Treppe runter.

„Tschüssi, tschüs!“, verabschiedeten sich die Kinder im Gehen voneinander.

Die Jacken raschelten, die Schuhe polterten über die Holzstufen der Wendeltreppe, die nach unten auf den Schulhof führte. Die Kinder stürmten mit Anlauf die polierten und ausgetretenen Stufen hinunter, wobei es nicht selten vorkam, dass die Jungs zusammenstießen und sich als menschliche Lawine, alles aus dem Weg räumend, bis zum Erdgeschoss in den Hof ergossen.

Paul mochte solche groben Unternehmungen nicht – sein vernünftiger Charakter riet ihm, diese zu meiden. Er war ein etwa zehnjähriger Junge, der im Vergleich zu seinen Klassenkameraden etwas klein geraten war, mit graugrünen Augen in einem blassen, ovalen, etwas kantigen Gesicht. Blonde Locken krönten sein Haupt. Von den anderen Schülern seiner Klasse unterschied er sich durch eine gewisse Einsilbigkeit. Zwar

war er kein Schweiger und konnte durchaus reden, jedoch mochte er kein leeres Geschwätz wie manche der anderen Kinder. Er war früh erwachsen geworden und seine bedachten Handlungen waren Ausdruck der Verantwortung, die ihn wie eine unsichtbare Aureole umgab. Vor einigen Jahren hatte er seinen Vater verloren und die Mutter kränkelte oft.

Seit dem letzten Weihnachten lag sie im Bett und konnte nicht mehr aufstehen. Deshalb ging Paul selbstständig zur Schule und begleitete auch seinen jüngeren Bruder Pierre zum Unterricht und nach Hause.

Er wartete also, bis seine Schulkameraden unten waren, und ging langsam die Treppe zum Hof runter. Dort traf er auf die blau strahlenden Augen von Pierre.

Der jüngere Bruder war in allem das genaue Gegenteil des älteren: ein rundes, weiches Gesicht und ein offenes Lächeln. Ein Charakter, der zu spontanen Taten neigte und nie etwas bereute. Pierre war davon überzeugt, stets das Beste zu tun, und diese Überzeugung erfüllte sein gutes Herz mit Freude. Während die meisten Kinder einen begrenzten Freundeskreis hatten, war auch das bei ihm anders: Selbst wenn die ganze Welt sein Herz eingenommen hätte, wäre ihm das immer noch zu wenig gewesen. Er war bestrebt, jedem ein Freund zu sein, und alle Schulkameraden liebten ihn dafür, dass sie sagen konnten: „Pierre ist mein Freund."

„Paul! Paul!", rief Pierre über den ganzen Hof.

Paul ging zu dem Teil des Hofes, wo hinter einer Absperrung die Eltern oder älteren Geschwister auf die Kinder der jüngeren Gruppe warteten.

„Paul, heute muss ich dem Weihnachtsmann einen Brief schreiben. Paul, vergiss bitte nicht, mir dabei zu helfen", plapperte Pierre.

Paul nahm seine Hand.

„Frohe Weihnachten!“, verabschiedeten sie sich von Madame Dominique.

Pierre formte seine Lippen zu einem Kussmund, um ihr einen Schmatzer zu geben. Alle Lehrerinnen mochten Pierre. Wenn er sie mit seinen Augen anstrahlte, waren sie bereit, ihm alles zu erlauben. Madame Dominique neigte also ihre Wange zu Pierre und gab ihm auch ein Küsschen.

„Frohe Weihnachten, Pierre und Paul!“, wünschte sie ihnen.

Die Brüder hielten sich an den Händen und zwängten sich durch die Menschenmenge auf dem Hof zum Tor. Hinter dem Tor stand Monsieur Plaie, der es sich nicht nehmen ließ, jedem einzelnen Schüler die Hand zu geben, ein frohes Fest zu wünschen und ihm dabei eine kleine Schokolade in grüner Folie mit dem Namen und Logo der Schule – einem Adler – in die Hand zu drücken.

„Frohe Weihnachten, Paul und Pierre!“, rief er ihnen zu, während sie sich näherten. Er fasste Paul an die Schulter und schaute ihm teilnahmsvoll in die Augen. Es war der Blick eines Menschen, der alles versteht und dich unterstützen möchte. So jedenfalls verstand Paul den Gesichtsausdruck des Direktors.

„Sag deiner Mutter, dass ich ihr gute Besserung und ein frohes Fest wünsche.“

„Danke, Monsieur!“

Danach schaute er zu Pierre hinüber und verlieh seinem Blick Strenge. Pierre lächelte dazu, denn er verstand, dass das gespielter Ernst war.

„Frohe Weihnachten, Pierre!“ Und schon lag die Schokolade in der Hand des Jungen.

„Danke, Monsieur!“

Die Jungen, die sich immer noch an den Händen hielten, gingen von der Schule aus nach links durch die Raynouard-Straße, bogen dann an der Ecke in die Annonciation-Straße ein und liefen da an der Wäscherei und der Kirche entlang, die von einem kleinen Platz umgeben war, auf dem die Kinder oft Fußball spielten, wenn sie von der Schule kamen.

Paul liebte die Straße nicht, denn die Kirche erinnerte ihn an die Trauergemeinde, die sich dort nach der Beerdigung des Vaters zusammengefunden hatte. An jenem Tag war es auch sonnig gewesen und die Kirche war so voller Menschen gewesen, dass man kaum Luft bekommen hatte.

Er musste an Pierre denken, der mit seiner Mutter geweint hatte. Er erinnerte sich nicht daran, ob er selbst geweint hatte, aber an seine damaligen Gedanken: Wie kann es sein, dass ein Mensch, der gestern noch gesund gewesen ist und im Zentrum seines Lebens gestanden hat, plötzlich weg ist – gestorben? Verschiedene Leute waren an ihn herangetreten, hatten Dinge zu ihm gesagt, aber er hatte ihre Gesichter und ihre Worte vergessen, weil er den traurigen Tag vergessen wollte und deshalb immer so schnell wie möglich an der Kirche vorbeiging.

Am Ende der Annonciation-Straße, etwa einhundert Meter vor dem Passy-Platz, gab es einen lebhaften Vorweihnachtshandel. Die Händler hatten an beiden Seiten der Straße vor ihren Läden Stände und Tische aufgebaut, auf denen man alles finden konnte: von den verschiedensten Süßigkeiten bis zu Skihandschuhen für Kinder. Dieser Teil der Straße war bei den Bewohnern des Quartiers Passy-Muette besonders beliebt. Als ihre Mutter noch gesund gewesen war, hatte sie auf dem Weg nach Hause immer eine Kleinigkeit gekauft.

Besonders liebten sie die heiße Schokolade des Konditors Papajanis.

„Hey, Kinder, kommt schnell rüber!“ Die laute Stimme war selbst gegen den Straßenlärm nicht zu überhören. „Jaja, ich bin es. Paul, Pierre, kommt sofort her!“

Die Brüder liefen zur Konditorei von Michael Papajanis oder, wie er sich selbst nannte, Michalis. Vor ihnen baute sich der große Dicke auf, der alle anderen Dicken übertraf, die die Kinder je gesehen hatten. Ein lächelndes rotes Gesicht, gutmütige blaue Augen und eine laute Stimme. Er sprach immer so laut, dass die, die ihn nicht kannten, meinen konnten, dass er schrie.

Hier ist anzumerken, dass die Vitrine der Konditorei ebenso ungewöhnlich war wie der Konditor selbst. Wie ein Magnet zog sie alle vorbeigehenden Kinder an und führte nicht selten zu Tränen und Bockigkeit. Im Schaufenster war eine Märchenfabrik aufgebaut, in der Zwerge verschiedenes Gebäck formten. Alles war so kunstvoll gemacht, dass die Kinder sich einfach nicht von diesem Schauspiel losreißen konnten. Das Gebäck änderte jeden Tag seine Form und ständig gab es etwas Neues zu bestaunen.

Das Schaufenster der Konditorei war jene besonders schöne Erdbeere auf der Torte der Annonciation-Straße und des ganzen sechzehnten Bezirks.

„Habt ihr schon Weihnachtsgebäck?“, wandte sich Michalis an die Brüder. Kaum hatte er dies gefragt, schaute er Paul mit einer aufgesetzten Strenge an, um sofort selbst zu antworten: „Natürlich habt ihr keins, das sage ich doch. Aber das darf nicht sein, dass Kinder zu Weihnachten keine Küchlein haben. Wählt aus, was euch beliebt.“

„Dankeschön!“, rief Pierre voll Freude.

Paul bedankte sich herzlich, aber etwas zurückhaltender beim gutmütigen Konditor und zog Pierre, der sich gleich bedienen wollte, an der Hand.

„Nehmt nur, nehmt!“, sagte der Chef der Konditorei zu Paul und fragte Pierre, welche der Leckereien ihm gefielen.

Pierre zeigte auf ein Eclair mit weißer Creme- und Erdbeerfüllung.

„Nimm es!“, forderte Herr Michalis ihn auf.

Pierre schnappte sich das Eclair und schob es so in seinen Mund, dass die Cremefüllung seine Nase und sein Kinn verschmierte. Der Junge schloss entzückt seine Augen und seufzte zufrieden ob der Süße des Gebäcks, das in seinem Mund schmolz.

Pierre wünschte sich, dass dieser Genuss niemals enden möge.

Die angenehme Energie durchströmte seinen Körper und erreichte seine Augen, die nun vor Dankbarkeit leuchteten.

„Ach, wie unaufmerksam von mir! Ei, ei, ei, tut mir leid!“, bemerkte Herr Michalis das Malheur und begann mit einer Serviette die Nase und das Kinn von Pierre zu säubern.

Dann wandte er seinen Blick Paul zu und wiederholte seine Bemerkung von zuvor: „Es darf nicht sein, dass Kinder kein süßes Weihnachtsgebäck haben. Dein Vater und ich waren Freunde, das weißt du doch, hoffe ich?“

Paul erinnerte sich gut, dass er oft mit seinem Vater zu Herrn Michalis gegangen war und dass es dort immer fröhlich zugegangen war.

Während er noch dachte, nahm der Konditor eine Kuchenschachtel, füllte sie mit verschiedenen Küchlein und band die Schachtel mit einem schönen roten Band zusammen. Er übergab das Geschenk an Paul und sagte: „Frohe Weihnachten! Und möge eure Mutter bald wieder gesund werden.“

Paul nahm die Schachtel und Pierre antwortete: „Ihnen auch frohe Weihnachten und vielen Dank!“

Die Brüder gingen weiter in Richtung des La-Muette-Platzes.

„Ist er nicht lieb? Stimmt’s, Paul? Wenn ich mal groß bin, werde ich auch allen helfen.“

„Ja“, stimmte ihm Paul zu. Er erinnerte sich, wie sein Vater einmal über Herrn Michalis gesagt hatte: „Er ist so gutmütig, wie es nur die Griechen sein können.“ Er hatte zurückgefragt: „Können denn andere nicht auch so gutmütig sein?“ Und sein Vater hatte gesagt: „Sie könnten es vielleicht, aber die Griechen sind eben besonders gutmütig!“

Der Straßenlärm vertrieb Pauls Erinnerungen. Sie kamen zu der Stelle, an dem die Mozart-Avenue auf den La-Muette-Platz traf. Der Platz war voller Autos und Menschen. Ein Teil der Menge ging zur Metro, ein anderer

Teil kam von dort. Paul mochte diesen Platz und die hektische Menge nicht und die steile, in die Tiefe führende Treppe machte ihm Angst.

Die Brüder überquerten den Platz, kamen an einem zu einem Hotel gehörigen Restaurant vorbei, wo Paul in seiner jüngeren Kindheit oft mit seinen Eltern und deren Freunden gegessen hatte. Als Paul und Pierre zu der Kreuzung gelangt waren, von der aus die La-Muette-Chaussee zum Ranelagh-Park führt und die Andigné-Straße direkt zu ihrem Wohnquartier, fing der jüngere Bruder an zu quengeln.

„Lass uns im Park spielen gehen!“, schlug er vor und zog an Pauls Arm.

„Geht nicht“, antwortete ihm Paul und fügte hinzu: „Mama wird sich Sorgen machen, wo wir bleiben.“

„Bitte! Du magst es doch auch. Ich will nur einmal auf die Rutsche.“

Früher war ihm dasselbe Spielgerät als riesiger Berg erschienen. Sein Vater war sogar ungeduldig gewesen, weil der kleine Pierre so ängstlich gewesen war, wenn es darum gegangen war, die Rutsche zu besteigen. Zu der Zeit hatte er auch Angst vor einer schwarzen Skulptur gehabt, an deren Fuß ein Fuchs mit gebogenem Schwanz gesessen hatte. Oft hatten sich Kinder daraufgestellt. Daneben hatte ein leeres Postament gestanden. Der Vater hatten den jungen Paul daraufgestellt und ihm jedes Mal gesagt: „Siehst du, irgendwann steht hier dein Denkmal – das Fundament ist schon vorbereitet!"

„Nein!" Paul zog Pierre mit Bestimmtheit am Arm.

„Du tust mir weh!", jammerte Pierre und wollte schon losheulen – natürlich weniger vor Schmerz als deshalb, weil er seinen Willen nicht bekommen hatte –, aber dann beruhigte er sich schnell und folgte seinem Bruder.

Pierre achtete seinen großen Bruder und sah ihn als Vorbild an. Er war stolz darauf, dass dieser ihn nicht als Kleineren behandelte, sondern wie einen gleichaltrigen Kameraden. Rein äußerlich waren sie fast gleich groß, weil Pierre für sein Alter groß und kräftig war, und Außenstehende hielten sie nicht selten für Zwillinge.

Nachdem sie ein Stück die Andigné-Straße langgegangen waren, bogen sie in die Conseiller-Collignon-Straße. Ihr Haus stand gegenüber der italienischen Botschaft, deren Wachleute die Brüder immer fröhlich grüßten.

„Frohe Weihnachten, Kinder!“, riefen die gut gelaunten Italiener und ihr breites Lächeln entblößte ihre weißen Zähne.

„Euch auch frohe Weihnachten!“, sagte der ernsthafte Paul laut zu ihnen. Die Kinder mochten die gutmütigen und lebhaften Nachbarn.

Jetzt waren sie an der schmiedeeisernen Umgrenzung ihres Hauses angekommen. Auf den Sträuchern lagen noch kleine Schneehäubchen und gefrorene rote Beeren glänzten in der Sonne.

Pierre formte einen dicken Schneeball. Ihm gefielen die schmatzenden Geräusche des feuchten Schnees. Bevor er den Schneeball auf die Reise schickte, rief er den Italienern etwas zu und diese lachten, während der eben noch in der Sonne glitzernde Schneeball klatschend auf das Straßenpflaster traf. Gelächter erfüllte die kleine Straße. Paul schloss die eiserne Tür auf, die ins Treppenhaus führte, und Pierre folgte ihm hinein.

„Ich habe sie ganz schön erschreckt, stimmt's, Paul? Hast du ihre Augen gesehen?“, plapperte Pierre aufgeregt.

„Hm“, erwiderte Paul ruhig.

Als sie Pierres Stimme hörte, erschien die junge Philippinerin Lilit, die als Concierge beschäftigt war.

„Ich habe schon auf euch gewartet, meine guten Kinder“, sagte sie mit starkem Akzent. „Schaut mal, ich habe was für euch.“ Mit diesen Worten holte sie zwei in durchsichtige Folie gewickelte Objekte heraus, die wie große Kokosmakronen aussahen.

„Das wird doch nicht etwa Kokos sein?“, fragte Pierre aufgeregt.

„Wenn du sie probierst, findest du es heraus. Solche gibt’s hier nicht“, antwortete sie mit einem Lächeln.

Pierre beugte sich zu ihr, um sie auf die Wange zu küssen, und sie ließ es vergnügt zu. Paul bedankte sich in seiner ruhigen Art, lächelte der Concierge zu und sie gingen nach oben, wo Paul den Schlüssel rauszog, um die Wohnungstür zu öffnen.

„Darf ich? Lass mich das machen!“, wandte sich Pierre an Paul, doch dieser sagte:

„Halt du lieber das Gebäck, aber zapple nicht rum und halt die Schachtel gerade.“

Paul ließ sie erst los, nachdem er sich davon überzeugt hatte, dass Pierre die Schachtel des Konditors fest in beiden Händen hielt. Dann legte er oben noch die philippinische Süßigkeit drauf, drehte sich zur Tür um und drehte den Schlüssel im Schloss.

Als sie eintraten, hörten sie die Stimme ihrer Mutter aus dem Schlafzimmer.

„Paul, Pierre – seid ihr das?“

„Ja, Mama“, erwiderte Paul und setzte sich auf ein Stühlchen neben der Tür, um seine Schuhe auszuziehen. Pierre dagegen stürmte sofort mit der Schachtel ins Schlafzimmer zu ihrer Mutter.

„Hausschuhe, du Schweinchen!“, rief ihm Paul hinterher, aber Pierre hörte ihn gar nicht.

Paul wechselte die Schuhe, hängte seinen Mantel auf, nahm die Pantoffeln für Pierre und ging ebenfalls ins Schlafzimmer. Der Flur führte an der Küche vorbei und durch die Glastür konnte er sehen, dass auf dem Herd schon das Festtagsessen vorbereitet und der kleine Tisch gedeckt war, an dem Pierre und er zu Mittag aßen. Er kam an der Schlafzimmertür an und klopfte höflich, obwohl sie offen war. Sein Vater hatte ihn gelehrt, immer erst an die Tür zu klopfen und nicht einfach reinzuplatzen. Paul gab sich große Mühe, alles zu befolgen, wozu der Vater ihn erzogen hatte. Dadurch fühlte er sich ihm nah.

„Komm rein, Paul", hörte er die Stimme der Mutter.

Er ging in das große, helle Zimmer, durch dessen Fenster der Garten zu sehen war. Links vom Eingang nahm ein großer Schrank die ganze Wand ein. Pierre verbarg sich gern darin, wenn die Brüder Verstecken spielten, schon weil er wusste, dass Paul nicht ohne Erlaubnis das Schlafzimmer betreten würde.

Rechts führte eine weitere Tür zum Badezimmer, wo der Vater mit den Kindern oft Seeschlachten oder U Boot gespielt hatte.

Direkt gegenüber stand Mamas großes Bett. Auf dem Bett saß Mutter, gestützt von einem Kissen, in einem hellgrünen Morgenmantel und hielt Pierre umarmt, der seinen Mantel immer noch nicht ausgezogen hatte.

Die Kuchenschachtel lag auf einem Tischchen neben dem Bett. Paul warf Pierre die Pantoffeln zu.

„Zieh dich um, Schweinchen“, sagte er streng, aber lächelnd.

„Mama“, rief Pierre mit gespielter Empörung, „er sagt ein böses Wort!“

„Paul, mein lieber Paul ...“ Die Mutter streckte ihre Arme aus, um ihn zu umarmen.

Gern umarmte und küsste er sie. Er liebte seine Mutter sehr und hatte große Angst, sie zu verlieren.

Sie umarmte ihre beiden Jungen, so dass sie Kopf an Kopf lagen.

„Ich möchte gern essen. Es riecht so verführerisch. War Madame Helene da?“, fragte Pierre und leckte mit der Zunge über seine Lippen.

„Ja, wascht euch die Hände und geht essen.“

Pierre und Paul standen vom Bett auf.

„Herr Michalis hat uns Kuchen mitgegeben.“

„Wie nett von ihm!“, sagte die Mutter. „Bringt bitte alles in die Küche.“

Paul trug die Schachtel zur Küche und sah dann im Kinderzimmer vorbei, wo er sah, dass der Mantel und die Schuhe auf dem Boden rumlagen.

„Pierre“, er dehnte den Namen seines Bruders, „wie oft soll ich dir noch sagen ...?“

„Ich wasche meine Hände.“

„Räum erst mal deine Sachen weg.“

Als endlich die Ordnung wiederhergestellt war, gingen die Brüder in die Küche. Auf dem Tisch standen warmes Püree, Fisch und Pudding. Die Kinder aßen mit Vergnügen.

„Paul, hilfst du mir, einen Brief an den Weihnachtsmann zu schreiben?“, fragte Pierre in überredendem Tonfall.

„Du bist doch alt genug, deine Briefe selbst zu schreiben.“

„Aber ich könnte Fehler machen und dann wird mein Brief nicht richtig verstanden und ich kriege nicht das, was ich mir gewünscht habe. Bitte! Du bist doch mein bester Freund.“

„Na gut!“, sagte Paul. Er wusste, dass Pierre, wenn er einmal angefangen hatte, sowieso nicht nachgeben würde, bis er sein Ziel erreicht hätte.

„Hast du ihm einen Brief geschrieben?“

„Nein.“

„Warum denn nicht?“

„Weil der Weihnachtsmann nicht existiert.“

„Sag das nicht!“, empörte sich Pierre. „Sonst ist er beleidigt und kommt nicht mehr zu uns. Erinnerst du dich nicht, wie er im letzten Jahr zu uns kam? Erinnerst du dich?“

„Aus irgendeinem Grund trug er Opas Uhr am Handgelenk“, dachte Paul. Laut sagte er aber: „Ich erinnere mich.“ Er wollte den Glauben des Jüngeren an die Weihnacht nicht zerstören.

Sie standen vom Tisch auf und gingen in ihr Zimmer. Es war rechteckig und zwei Kinderbetten im Bärchenlook standen an den gegenüberliegenden Längsseiten. Dazu zwei Schreibtische und links ein großer Kleiderschrank. In der Mitte lag ein großer Teppich. An der Stirnseite des Zimmers führte eine Glastür direkt in den Garten. Im Sommer war sie fast immer offen und das Zimmer erschien dadurch noch geräumiger.

Paul setzte sich an den Tisch und nahm Papier und Stifte aus dem Fach, um zu schreiben, obwohl er nach dem Mittagessen eigentlich lieber schlafen wollte.

Pierre lag auf seinem Bett und hatte ein Bein über das andere geschlagen. Dabei wickelte er eine Schläfenlocke um seinen Finger. Das machte er immer, wenn er von etwas träumte.

„Lieber Weihnachtsmann!“,

begann Paul mit etwas Überwindung. Gleichzeitig holte ihn die Schläfrigkeit ein. Erst fielen ihm die Augen zu und dann hörte er nicht mehr, als Pierre ihm irgendwas sagen wollte.

Noch ein paarmal wiederholte er mechanisch:

„Lieber Weihnachtsmann!“

Plötzlich aber zerknüllte er das Papier, schlüpfte aus dem Zimmer, zog sich im Gehen Mantel und Schuhe an und verließ das Haus. Auf der Straße war es schon dunkel.

KAPITEL 2

DIE ZAUBERLUPE

„Aristos, Aristos! Wo bleibst du denn? Ich rufe dich.“

Die Stimme ertönte aus der Tiefe des steinernen Zimmers. Dort saß unter dem Schein mehrerer Lampen, über den Tisch gebückt, in einem Sessel aus vergoldetem Holz der Große Magister der Zwerge, der Hüter ihrer Weisheit, Xoox der Erste. Schon seit einigen Tagen suchte er zwischen den Manuskripten und Pergamentrollen der großen Bibliothek nach einer bestimmten und redete dabei nur mit seinem Lieblingsschüler.

Sie hatten schon mehr als hundert davon gelesen – davon zeugten die Stapel, die überall im Zimmer verstreut lagen: auf dem Tisch, auf Stühlen und sogar auf dem Boden.

„Was suchst du denn da? Wie lange soll ich warten?“

„Mir scheint, ich habe es gefunden“, sagte der junge Gnom und hielt ihm das Gesuchte entgegen.

„Hättest du besser zugehört und meine Anweisungen befolgt, dann hättest du nicht so lange suchen müssen“, grummelte der alte Hüter.

Tatsächlich mochte er den jungen Zwerg mit seinem Ziegenbart, den wissbegierigen blauen Augen und den Milchwangen aber gern. Dieser verhielt sich zum Magister wie ein ehrerbietiger Sohn. Und tatsächlich ersetzte er ihm den Vater. Seine Eltern waren mit vielen anderen in einem Bergbaustollen ums Leben gekommen, den die Zwerge des Schwarzen Klans verschüttet hatten. Zwerge anderer Klane hatten die Waisenkinder zu sich genommen. Den Schwächsten unter ihnen hatte der Große Magister zu sich genommen und großgezogen. Er nannte ihn Aristos, das heißt den Erfolgreichen oder den Ausgezeichneten. Schließlich hing von der Namensgebung auch das Schicksal ein Stück weit ab. Das Schiff schwimmt so gut, wie es getauft wurde.

Nachdem er das Schriftstück aufmerksam studiert hatte, rief der Magister zufrieden: „Das hast du toll gemacht! Das ist genau das, was wir gesucht haben. Siehst du, hier ist das Siegel des ersten Großen Magisters, als er seine Erklärung zur Vorhersage verkündet hat, die in Kürze in Erfüllung gehen soll. Die Zeit, die unserer Welt verbleibt, schwindet. Die Welt wird nie mehr dieselbe sein, die sie war. Alles verändert sich. Der Samen verdirbt, aber aus ihm wächst ein Baum, der eine Menge Früchte hervorbringt. Die Welt vergeht wie ein Traum, aus dem wir erwachen und ein neues Leben erblicken.“

„Was mag das alles bedeuten?“, fragte der Schüler erschrocken.

„Es ist schwer zu verstehen, was hinter den Türen des Todes passiert, bevor du sie durchschritten hast.“

„Müssen wir alle sterben?“, fragte Aristos.

„Das nicht“, antwortete Xoox, „aber wir müssen verstehen, was unser Platz in der neuen Welt sein wird. Wenn die Welt eine andere sein wird, ändern sich auch die Bedeutung und der Zweck der Dinge und den Zweck zu bestimmen, das ist die Verantwortung, die auf den Magistern liegt.“

„Ist es wie eine Reise an das andere Ende der Welt, wenn der Reisende nicht weiß, was ihn erwartet und niemand heute weiß, was morgen sein wird? Die wichtigste Vorbereitung besteht darin, dass wir uns von dem verabschieden, was wir kennen und haben, um das anzunehmen, was uns dort gegeben wird, ohne zu wissen, von wem und was genau das sein wird.“

„Das reicht“, unterbrach der Magister seinen Schüler. „Nehmen wir diese Schriftstücke“, er wies auf die, die schon auf dem Tisch lagen, „und das letzte, das du gerade gefunden hast. Wir haben nur noch wenige Tage Zeit bis zur Großen Versammlung und du weißt, wie starrsinnig die Zwerge sein können. Wir müssen uns auf die Reise vorbereiten. Such alles Notwendige zusammen und ich werde mich vor dem Weg noch etwas ausruhen.“

Aristos half dem Alten aus dem Sessel. Ein paar Schritte weiter stand ein kleines Bett in der Ecke, das eher wie eine größere Truhe aussah, auf deren Deckel man etliche

Kamelhaardecken ausgebreitet hatte. Ein Kissen mit Weizenkörnern lag an der Wand. Das Bett wurde nur selten benutzt, da der Alte die Angewohnheit hatte, im Sessel einzuschlafen, während seine Arme auf dem Tisch lagen. Dieses Mal aber brauchte er all seine Kräfte, denn es stand ihnen ein weiter Weg bevor.

Aristos gab sich Mühe, den Alten gut zu betten, deckte seine Beine mit einer Decke zu und entfernte sich leise aus dem Zimmer.

Er würde nicht zum ersten Mal mit dem Großen Magister auf Reisen sein und er wusste, dass dieser es nicht leiden konnte, wenn sie zu viel Gepäck hatten. Alles Nötige musste aber zur Hand sein.

Als die Zeit gekommen war, trat er an den Magister heran und berührte ihn an der Fußsohle. So hatte er es schon seit seiner Kindheit gehalten und der Lehrer wusste dann, wer ihn weckte.

„Na, hast du alles bereit?“, ließ sich die Stimme von Xoox vernehmen. „Hast du auch meinen Stab und meine Krone nicht vergessen?“

„Alles bereit, mein Lehrer.“

„Diese Krone übergab mir der letzte König friedlich und freiwillig gemäß der Prophezeiung, dass die Krone von der Macht an die Weisheit zu übergeben war. Wir, die Zwerge, hüten sie und wissen doch, dass auch die Macht der Magister endet. Wenn dies geschieht, müssen die Zwerge sich ebenfalls in Demut üben und nicht vergessen, dass in dieser Welt alles endlich und vergänglich ist. Nur der ehrliche Name wird durch die Jahrhunderte bewahrt und verkündet.“

Diese Geschichte kannte Aristos natürlich auswendig. Der Magister erzählte sie jedes Mal mit Pathos, als täte er das zum ersten Mal, wenn er ihn zur Versammlung der Magister mitnahm. Der Schüler dachte bei sich, dass man das wohl dem Alter des Lehrers und seinen Sonderbarkeiten zugutehalten müsse.

„Weißt du, warum ich dir das immer wieder erzähle?“, fragte dieser plötzlich, als hätte er die Gedanken von Aristos gelesen.

„Ja“, sagte dieser, ohne nachzudenken.

„Und warum, meinst du? Sag es mir, dem verrückten Alten.“

„Damit wir uns daran erinnern und die Alten ehren.“

„Das sowieso. Ich wiederhole es auch deshalb, um als Hüter der Krone nicht zu vergessen, dass es nicht meine ist und dass die Macht nicht von Zwang und Gehorsam ausgeht, sondern von Demut vor der Weisheit als Quelle des Wissens. Ich, Xoox der Erste, bin nur der Hüter. Ich hoffe, dass du klug genug bist, das zu verstehen.“

„Ja klar. Ich habe verstanden, dass der, der trinken will, sich um den Brunnen kümmern muss.“

„Mir scheint, du versuchst klüger zu scheinen, als du bist. Hilf mir jetzt hoch“, sagte der Alte scheinbar unzufrieden, freute sich aber insgeheim über die Gedanken des Schülers. Nicht umsonst hatte er seine Erziehung übernommen.

Aristos half dem Lehrer aufzustehen, warf ihm den Reisemantel über, gab ihm den Stab in die Hand und verwahrte die Krone sowie fünf Schriftstücke in der Reisetasche. Dann verließen sie das Zimmer und gingen durch den Korridor der Bibliothek, wo Aristos eine Leuchte abnahm, die neben der Tür hing. Die anderen Zwerge hätten allerdings sicher bemerkt, dass der Herr des Hauses ausgegangen war. Deshalb wies ihn der Magister an, die Lampe wieder an ihren Platz zu hängen.

„Lass sie nur da, damit keiner weiß, dass wir uns auf den Weg gemacht haben.“

Aristos tat, wie ihm geheißen. Der Lehrer zeigte ihm mit dem Finger vor dem Mund, dass er ihm schweigend folgen sollte.

Dann gingen sie zwei Treppenaufgänge nach oben und standen am Beginn eines Ganges, der zwei Türme miteinander verband. Ein Fenster schlug unweit gegen den Rahmen und der Schüler wollte es schließen. Doch auch diesmal hielt ihn der Magister davon ab und klopfte stattdessen mit seinem Stab leise den Boden ab.

„Hier irgendwo muss er sein“, murmelte er.

Und tatsächlich hörte er, dass er einen Stein getroffen hatte.

„Hilf mir, ihn aufzuheben“, befahl der Alte.

Aristos versuchte, den Stein mit seinen Fingern zu heben, aber das klappte nicht und er nahm ein Taschenmesser zu Hilfe. Der Lehrer drückte mit seinem Stab auf eine Ecke des Steins und die andere Ecke sprang aus der Fassung.

Aristos hob den Stein nun geschickt mit dem Messer an, als sich der Fußboden unter ihnen auftat und einen Abgrund freigab, in dem tief unten der Fluss Aktum-Saak rauschte.

„Wie sollen wir denn da runterkommen?“, fragte der Schüler erschrocken.

„Wenn es einen Durchgang gibt, muss es auch eine Treppe geben“, antwortete der Magister und gab ihm erneut das Zeichen, still zu sein.

Als der Schüler nun das Loch genauer besah, fand er wirklich eine Treppe, die in den Stein gehauen war und den Turm als Wendeltreppe nach unten umgab. Er entledigte sich der Reisetasche und des Mantels, legte den Stab über das Loch und hängte sich an ihn wie an eine Reckstange, während er mit den Füßen versuchte die Stufen zu erfühlen. Als er sicher war, auf festem Grund zu stehen, gab er dem Lehrer ein Zeichen und dieser warf ihm nun Tasche und Mantel zu.

Im selben Moment hörten sie Schritte auf der Treppe, auf der sie zuvor nach oben gegangen waren. Offenbar verfolgte sie jemand!

„Wo kann er nur sein? Was sucht er so lange?“, murmelte der Alte ungeduldig.

Unter ihm erschien das lächelnde Gesicht von Aristos, der eine einladende Geste machte, woraufhin der Magister sich auf den Boden setzte, seine Beine über den Rand hängen ließ und den Stein übergab, der ihnen als Schlüssel gedient hatte. Der Schüler nahm ihn und verschwand schon wieder. Die Schritte waren jetzt noch deutlicher zu hören. Endlich erschien der Kopf von Aristos. Er stellte sich so hin, dass der Alte ihm auf die Schultern steigen konnte. Der Lehrer zweifelte, dass der Schüler sein Gewicht aushalten würde. Die näher kommenden Laute beschleunigten aber seine Entscheidung. Auf den Schultern stehend übergab er den Stab und nahm dafür den Stein entgegen.

Der Schüler wankte unter dem Gewicht des Lehrers und zusätzlich kitzelte ihn der Bart an der Nase und am Mund. Der Magister versuchte den Stein an seinen Platz zu setzen, aber er entglitt ihm und nur die Pantoffelspitze, auf der er landete, bremste den Fall. Trotzdem landete er auf dem Kopf des Schülers, der erschrocken aufschrie.

„Tut mir leid. Gib ihn mir schnell zurück."

Die Schritte kamen immer näher. Der Schüler reckte sich und streckte sich, damit der Lehrer den Stein wiedereinsetzen konnte. Dabei stemmten sie sich so gut wie möglich gegen die Wand.

Durch das Loch sahen sie eine nicht sehr angenehme Zwergenfratze, die sie direkt anzuschauen schien. Doch der Zwerg sah sie zum Glück nicht und die Fratze verschwand wieder.

Mit letzter Kraft setzte der Lehrer den Stein von unten in den Boden, wo er hingehörte. Der Durchgang schloss sich so lautlos, wie er sich geöffnet hatte. Der Alte versuchte nun, an Aristos runterzusteigen, und dieser fiel dabei auf die Knie. Während der Alte jetzt auf seinen Füßen stand, war dem Schüler nach all der Anstrengung und dem Schmerz weiß Gott eher zum Heulen zumute, aber die Handfläche des Alten verschloss ihm den Mund, so dass er nicht nur nichts sagen, sondern nicht mal atmen konnte.

Direkt über sich hörten sie Stimmen.

„Gerade hier hörte ich Lärm“, sagte jemand über den Flüchtenden. Jemand klopfte mit seinen Absätzen auf den Boden. Im offenen Fenster war die uns schon bekannte Zwergenfratze zu sehen, die wieder in ihre

Richtung zu schauen schien, sie aber hinter der gebogenen Mauer des Turms nicht entdecken konnte und wieder verschwand.

„Leise!“ Der Magister nahm seine Hand von Aristos’ Gesicht.

Langsam und vorsichtig folgten sie den Stufen nach unten und bemühten sich, dabei nicht in den Abgrund zu schauen. Als sie endlich am Fuß des Turms angekommen waren, erreichten sie das Ufer jenes unterirdischen Flusses, der sie durch die Berge zum Versammlungssaal führen sollte.

Aristos, der gerade erst wieder Luft bekam, rief: „Ich habe ihn erkannt. Das war unser neuer Archivar. Was will der denn von uns?“

„Als wir die Schriftstücke suchten, versuchte er die ganze Zeit rumzuschnüffeln, was wir unbedingt finden wollten“, erklärte der Magister. „Ich sagte ihm, dass wir nach einem alten Rezept forschen, nach dem Blei und Quecksilber zu Gold eingeschmolzen würden, aber offenbar hat er mir das nicht abgenommen."

Jetzt wurde Aristos langsam klar, warum sie bei ihrer Flucht aus der großen Bibliothek so geheimnistuerisch die Spuren verwischt hatten und warum sein Lehrer so in Eile gewesen war.

Unweit vom Turm lag die Höhle des verstorbenen Lehrers und Hüters der Schriftstücke der Zwerge, des ersten Magisters Tcharascha. Sie gingen hinein. Die Zwerge hatten in der Höhle alles so belassen, wie es zu Lebzeiten des verehrten Meisters gewesen war. Aristos fand eine Öllampe sowie ein Ölfässchen, um die Lampe aufzufüllen, und zündete den Docht an.

„Wir können jetzt reingehen", sagte er dem Lehrer.

Sie betraten die Höhle. Von hier aus sollte die Reise bis zum Ziel etwa zwei Tage dauern.

Aristos hätte es wie andere junge Zwerge auch an einem Tag geschafft, aber der Große Magister war schon sehr alt und deshalb war es ratsam, mehrere Pausen zu machen und zu übernachten.

Der unterirdische Fluss war Teil eines Systems von Gängen und Kanälen, das durch den Vulkan entstanden war. In Abhängigkeit vom Wetter draußen konnte das Wasser plötzlich ansteigen und den Uferweg überfluten oder fallen, so dass ein breiter Pfad für die Höhlenreisenden zur Verfügung stand. Diesem Pfad folgten die Weggefährten.

„Da ist er“, sagte der Lehrer nach einem längeren Schweigen und zeigte auf einen Stein am Wegrand. „Weißt du, was das ist?“

Aristos wusste es zwar, wartete aber höflich auf die Erklärung.

„Das ist der Stein der Überlieferung. Auf ihm ist die ganze vergangene und zukünftige Geschichte eingraviert. Der Stein ist unser großes

Heiligtum. Siehst du die seltsamen Muster? Es gibt kaum noch jemanden, der die Symbole lesen und deuten kann. Na los, versuch es.“

Das Geheimnis der Inschriften in der alten Zwergenschrift bestand darin, dass es eine Art Tastschrift für Blinde war, weil es früher in der Höhle keine Lampen gegeben hatte. Nur wer den Vertiefungen und Erhöhungen mit der Handfläche folgte, konnte den Sinn verstehen. Es versteht sich von selbst, dass der alte Magister seinen Schüler in das Geheimnis der uralten Inschrift eingeweiht hatte.

„Wir werden hier eine Pause einlegen. Und du wirst alle Muster und Symbole sorgfältig auf Papier übertragen. Wer weiß, was uns noch bevorsteht!“

„Gut.“

Aristos machte sich daran, eine Lagerstätte für die Nacht zu errichten. Hinter dem Stein befand sich ein ebener

Platz. Dort breitete er Decken aus und nahm auch die Nahrungsvorräte aus der Tasche – getrockneten Fisch sowie Brot und Kräuter. Sein Lehrer hatte ihn angewiesen, an den Tagen vor der geplanten Reise jeweils ein Drittel des Essens, das ihnen in der Bibliothek zustand, zur Seite zu legen, ohne dass jemand ihre Vorbereitungen bemerkte.

Als alles bereit war, begannen sie ihr Picknick. Der Lehrer teilte Brot und Fisch und sie aßen mit gutem Appetit alles auf. Nach einer Tagesreise erschien auch eine einfache Speise besonders schmackhaft.

„Pass auf, dass du deine Zunge nicht verschluckst", spaßte der Lehrer und beide lachten herzhaft. Bald darauf legten sie sich schlafen.

Aristos hatte einen Alptraum und wachte schweißgebadet auf. Er sah nach dem Lehrer, der seinerseits ruhig schlief.

Er ging zum Fluss, der ruhig vor sich hin floss, und wusch sich das Gesicht mit dem ziemlich warmen Wasser. Es war angenehm wie die zärtlichen Hände einer Mutter. Er entspannte sich, wurde ganz ruhig und sah sich den heiligen Stein genauer an. Das Wasser warf den Schein der Lampe durch Spiegelung auf die Symbole und die Inschrift wirkte dadurch besonders lebendig. Eine kurze Zeit stand er so da, um sich daran zu erfreuen. Er erinnerte sich, dass Arbeit gut hilft, wenn man unruhig ist. Also nahm er eine leere Papierrolle und begann die Muster abzuzeichnen. Als er schon fast fertig war, hörte er den Magister husten. Er trat mit einem Glas Wasser an ihn heran.

„Danke! Bist du schon aufgestanden, mein Junge?“

„Ja, ich habe schon fast alles abgepaust.“

„Das ist gut, aber du solltest dich auch ausruhen.“

„Ein schrecklicher Traum hat mich geweckt."

„Dann hast du ihn auch gesehen?"

„Ja!", rief Aristos. „Meint ihr den Dämonen?"

„Genau den. Was wollte er von dir?"

„Es war doch ein Traum und nicht wirklich."

„Ein Traum war es schon, aber der Dämon ist echt. Er geht um und sucht denjenigen, der bereit ist, ihm zu dienen."

„Ja wirklich. Er sagte: ‚Diene mir!'"

„Und was hast du ihm erwidert?"

„Ich habe gesagt, dass ich der Weisheit in Gestalt meines Lehrers diene, und er war darüber sehr böse und drohte mir."

„Er selbst kann dir nichts tun, dazu reicht seine Kraft nicht. Aber wenn sich ein Dummer findet, der seinen Versprechungen Glauben schenkt, dann wird es gefährlich. Allerdings weiß man nicht, wen es schlimmer trifft: den, dem der Diener des Dämons begegnet, oder den Diener selbst? Denn der hat ja auch seine Macht über sich selbst verloren.“

„Gibt es denn solche, die einverstanden sind zu dienen?“

„Leider gibt es die. Der Archivar zum Beispiel. Die Verlockungen sind bekannt: Geld, Macht, Vergnügen – aber der Mensch wird zum Sklaven und welches Vergnügen und welche Macht kann ein Sklave schon haben? Das ist eben der Betrug. Das beste Mittel gegen die Dunkelheit ist das Licht und das beste Mittel gegen Betrug die Liebe zur Wahrheit. Siehst du, mein Sohn? Das war dir eine wichtige Lektion in deinem Leben. – Sieh zu, dass du deine Arbeit zu Ende bringst und dann brechen wir auf. Zum Abend müssen wir am Ort der Großen Versammlung sein.“

Aristos machte sich mit Freude an die Arbeit. Die Worte des Magisters gingen ihm nicht aus dem Kopf: „Mein Sohn, du hast eine wichtige Lektion fürs Leben gelernt.“ Nur wenn der Magister sehr zufrieden mit ihm war, nannte er ihn seinen Sohn.

Schnell konnte er die Arbeit beenden und dem Magister zeigen.

„Du bist ein Meister“, sagte dieser begeistert. „Hast du all das so genau abgezeichnet, ohne den Stein zu berühren?“

„Ja.“

„Dann hast du deinen Lehrer übertroffen.“ Der Magister verbeugte sich vor ihm.

„Nicht doch, nicht doch!“ Aristos fiel auf die Knie und Freudentränen flossen aus seinen Augen. „Alles, was ich weiß und kann, verdanke ich nur Euch.“

„Gern doch, gern.“ Der Lehrer konnte nur mit Mühe seine Tränen zurückhalten, als er ihn umarmte und wiederaufrichtete. „Wir sehen schon aus wie zwei Verwandte, die einander lange nicht gesehen haben. Lass uns alles für den Weg zusammenpacken."

Etwa zwei Stunden später erscholl plötzlich ein schrecklicher Lärm. Etwas später wurde das Flusswasser trüb und wieder einige Minuten später wurde es wieder klar.

„Was hat das zu bedeuten?", fragte der Schüler.

„Das heißt, dass wir uns beeilen müssen."

Nach weiteren zwei Stunden hörten sie wieder Geräusche, die aber näher zu sein schienen, als würde jemand sie verfolgen.

„Wir müssen eilen", sagte der Magister jetzt mit erheblicher Unruhe und machte dem Schüler ein Zeichen, ihm zu helfen. Als dieser herantrat, flüsterte der Magister ihm ins Ohr: „Vielleicht musst du allein vorausgehen, um nicht zu spät zur Versammlung zu kommen. Wir dürfen uns nicht verspäten, aber jemand will uns aufhalten. Hör mir aufmerksam zu: Du wirst die Prophezeiung der fünf Schriftrollen vorlesen müssen. Du darfst sie nicht aus der Hand geben und du wirst die Krone tragen müssen. Du sagst ihnen, dass ich sie dir übergeben habe. Verstanden?“

„Nein!“, schrie der Schüler. „Ich lasse Euch nicht zurück.“

„Davon wird das Schicksal des ganzen Zwergenvolkes abhängen.“

„Nein“, sagte Aristos mit fester Stimme. „Die Zukunft lässt sich nicht auf Verrat aufbauen. Ich verlasse Euch nicht.“

Der Magister verstand, dass es keinen Sinn machte, weiter zu streiten. Beim Blick zurück konnten sie bereits die Umrisse von drei oder vier Zwergen erkennen, die den Magister und seinen Schüler verfolgten.

Aristos lief schneller, aber die Entfernung zwischen ihnen und den Verfolgern verkürzte sich unaufhaltsam. Sie rannten fast bis zur nächsten Biegung, wo ein weiterer Gang auf den Fluss stieß, und versteckten sich in diesem.

Aristos schaute sich um. Unweit sah er eine kleine Höhle. Er wandte sich dorthin und führte auch den Großen Magister hinein.

„Rührt Euch nicht! Ich versuche, sie abzulenken."

Er legte die Tasche und den Mantel auf den Boden, nahm den Stab und verschwand hinter der Biegung.

Schritte kamen näher. Aristos schlug das Herz bis zum Hals und für ihn fühlte es sich an, als würde sich sein Herzschlag als Echo so laut durch den Tunnel verstärken, dass sogar das Rauschen des Flusses übertönt wurde.

„Es ist Zeit!", entschied er sich und rannte mit einem kriegerischen Schrei in den Tunnel.

Zur Antwort hörte er Geschrei, das aber zu seinem Erstaunen nicht feindlich war, sondern von einer größeren Gruppe von etwa fünfzig Zwergen des freundlich gesinnten Himmelblauen Klans ausging. Er ging zur Höhle zurück, umarmte den Großen Magister und erklärte ihm: „Wir sind gerettet."

Der Alte fing an zu weinen: „Ich dachte schon, dass wir uns nicht wiedersehen."

Inzwischen waren die anderen Zwerge mit ihrem Magister Bejra zu den beiden Weinenden herangetreten und verbeugten sich vor dem Großen Magister. Niemand von ihnen wagte es, eine Frage zu stellen, und die ganze Gruppe brach jetzt zum Palast der Versammlung auf, dessen Kuppel bis zur Spitze der riesigen Höhle reichte.

Hier ergoss sich der Fluss in den See und der Weg konnte nicht mehr zu Fuß fortgesetzt werden. Bunte Boote waren an Anlegern festgemacht. Das Boot für den Großen Magister war dunkelblau-gold gestrichen. Der Bootsführer lud sie mit einer

Verbeugung ein, sein Boot zu besteigen. Sie konnten ihre Freude nicht verbergen. Der Kapitän wies seine Matrosen an, den Passagieren Speis und Trank zu bringen, und nahm Fahrt auf, nachdem er dazu die Erlaubnis erhalten hatte.

Das war der angenehmste Teil der Reise – das sanfte Wasser des Sees sowie das leise Knarren und Quietschen der hölzernen Ruder in den Scharnieren.

Die Abgesandten der sieben Zwergenvölker unter der Führung der Magister trafen etwa gleichzeitig mit ihren Booten beim Palast der Versammlung ein.

„Die letzte Versammlung liegt nun schon gut dreißig Jahre zurück, als wir gemeinsam das Weihnachtsfest begingen. War es nicht so, Kapitän?“, fragte der Große Magister.

„Dreiunddreißig Jahre, um genau zu sein“, antwortete dieser.

In diesem Moment legten sie schon mit ihrem Boot an. Auch die anderen Boote wurden eines nach dem anderen festgemacht. Die sieben verschiedenfarbigen Flaggen der Zwergenklane schmückten Wände und Flure. Als alle Magister eingetroffen waren, wandte sich der Große Magister mit einer Begrüßungsrede an sie:

„Vor genau dreiunddreißig Jahren haben wir uns hier an Weihnachten versammelt und uns über die Geburt des Erlösers als Beginn der neuen Zeit gefreut. Jetzt ist nach unserer alten Vorhersage die Zeit der Erfüllung gekommen. Ich lade euch heute Abend in den Versammlungssaal ein – die Magister und alle Abgesandten des Zwergenvolkes. Bis dahin lasst uns ausruhen und uns auf die Versammlung vorbereiten."

Der Magister gab ein Handzeichen und die Zwerge verneigten sich schweigend, um sich dann in ihre jeweiligen Kammern zurückzuziehen, die mit der Klanfarbe gekennzeichnet waren. Den Magister und seinen Schüler führte man in ihren Ruheraum, eine große, helle Lobby. An den Wänden hingen fein gearbeitete Leuchter. Vorhänge bedeckten die halbrunden Aussparungen in den Wänden.

„Das war einst der Palast des Zwergenkönigs“, sagte der Große Magister mit trauriger Stimme. „Dann verließ er den Palast und übergab seine Krone den Magistern, um sich in den großen Turm zurückzuziehen – das Weisheitsarchiv. Dort lebte er dann bis zu seinen letzten Tagen – dort, von wo aus wir hierher aufbrachen.“

„Das habt ihr mir vorher nie erzählt“, sagte Aristos erstaunt.

„Wir sind jetzt die Hüter der Weisheit, als hätten wir keinen Tropfen eigenen

Verstandes“, ergänzte der Magister und verstummte.

Aristos wagte es nicht, den Meister zu stören. Es war klar, dass dieser sich auf etwas Wichtiges vorbereitete. Er wanderte durch die Zimmer und sah sich die verschiedenen Objekte und Gegenstände an, die teils von Menschen und teils von Zwergen gefertigt worden waren.

Dann ertönte die Glocke. Das war das Zeichen, dass die Versammlung beginnen würde. Der Schüler trat in das Zimmer des Magisters ein, wo er diesen mit seinen fünf Schriftrollen im Bündel und der Krone auf dem Tisch vorfand.

„Es ist wohl Zeit?“, fragte er.

„Ja, Monsieur.“

Der Schüler half dem Alten aufzustehen. Dieser schaute auf die Krone und setzte sie dann missmutig auf. Der Schüler nahm das

Schriftenbündel und sie gingen zum Ausgang, wo ein Diener bereitstand.

„Ich bitte Sie, mir zu folgen“, sagte dieser und führte sie durch die Korridore zum Versammlungssaal.

Die Wände waren mit Holzreliefs bedeckt, die verschiedene Szenen der Zwergengeschichte sowie Symbole und Muster darstellten: die Vereinigung der Reiche, Kriege, Siege, friedliche Arbeit, Entdeckungen … Die Szenen erfüllten den Großen Magister heute, anders als früher, nicht mit Stolz. Die Bürde der Verantwortung der Vergangenheit vor der Zukunft lastete auf ihm.

Er wusste nur zu gut, dass die Zwerge ein stolzes und starrsinniges Völkchen waren und wohl kaum zu überreden waren, ihr Leben zu ändern. Wie konnte er sie nur zwingen, den Sprung ins Ungewisse zu wagen?

„Wir sind angekommen, Monsieur. Alle sind schon im Saal“, unterbrach der Diener seine Gedanken.

Der Große Magister schaute ein letztes Mal auf sich und seinen Schüler und trat ein. Der Saal hatte die Form eines halbrunden Amphitheaters, mit einer Bühne, auf der insgesamt acht Throne standen – sieben in den Farben der Klane und ein leerer schwarzer Thron für den König. Die Zwerge hatten beschlossen, ihn nicht anzurühren, damit er sie an ihre Geschichte erinnerte. Sechs Magister saßen bereits auf ihren Plätzen und erhoben sich, als der Große Magister den Saal betrat. Sie erhoben zur Begrüßung ihre Hände zum Himmel und riefen: „Ruhm dem Großen!“

„Ruhm!“, antwortete der Saal.

Die Abgesandten saßen jeweils in ihrer Sektion des Amphitheaters. Die Vertreter des Dunkelblauen Klans, die dem Großen Magister unterstanden, begrüßten ihr Oberhaupt mit freudigem Lärm. Mit einem Zeichen seiner Hand bat er die Seinen und alle um Ruhe, die alsbald eintrat. Nur die Schritte des Großen Magisters waren unter der Kuppel zu vernehmen, bis dieser seinen Platz einnahm. Auf ein weiteres Zeichen setzten sich alle. Nach einer Pause begann er seine Rede:

„Bereits viele Jahrhunderte sind wir, die Magister, nicht aus eigenem Willen und nicht als Gewählte des Volkes oder auf Befehl des letzten Königs Vorsteher der Zwergenklane und diese Krone und der leere Thron erinnern uns daran, dass dies nicht immer der Fall war und dass die Gegenwart nicht ewig währt. Das Ereignis, das uns vor dreiunddreißig Jahren überraschend zustieß, muss heute seine logische Erfüllung finden. Wie genau? Das weiß auch ich nicht, aber in der Vorhersage heißt es, dass eine neue Welt uns erwartet und dass wir in ihr einen neuen Platz einnehmen müssen, weil wir sonst verschwinden."

Er verstummte und gab ein Zeichen, dass sich nun die anderen äußern konnten.

Als Erster ergriff Baak im himmelblauen Gewand das Wort: „Natürlich, es ist schwer, einverstanden zu sein mit dem, was man nicht weiß. Das liegt nicht in der Zwergennatur, aber was sollen wir tun? ... Ich denke, dass wir die Einheit bewahren müssen – alles andere wird man sehen."

Die Zwerge stimmten dem Vorredner zu: „Er hat recht, recht hat er."

Als Nächster trat Panadis im violetten Kostüm auf. Er hatte einen dichten grauen Bart und buschige Augenbrauen. Er war ein naher Verwandter des Magisters des Schwarzen Klans, der im Bergwerk umgekommen war.

Dieser Klan war der herrschende unter dem König und galt als kriegerisch.

„Magister Baak, wie Sie schon sagten, ist es gewiss nicht in der Zwergennatur, sich auf etwas Unbekanntes einzulassen. Deshalb muss ich Ihnen und dem Großen Magister widersprechen.“ Die Zwerge aller Klane drückten ihren Unmut aus, aber er fuhr fort und hob seine Stimme, damit alle ihn hörten: „Ich denke, dass wir unsere Traditionen und unsere Lebensweise verteidigen müssen. Wenn die Welt sich ändert, müssen wir sie uns unterwerfen oder untergehen. Wir brauchen einen König, der uns führt!“

Alle lärmten noch lauter.

Der Große Magister stand auf.

„Ich muss den verehrten Panadis korrigieren. Nicht ich bin es, der das Ende dieser Welt verkündet, sondern die Prophezeiung auf dem Stein der ewigen Überlieferung. Hier ist die Abschrift.“

Magister Panadis unterbrach den Großen Magister: „Wer kann schon die alten Inschriften verstehen? Das sind Märchen. Schwere Zeiten erfordern die Einigung und Führung durch die harte Hand eines Monarchen – und wir haben diesen Monarchen."

Alle schauten Panadis mit Verwunderung an. Der Große Magister fragte: „Erlauben Sie zu fragen, wer das sein soll? Bekannterweise gibt es keinen Magister des Schwarzen Klans, der ein Recht auf den Thron hätte."

„Sie irren sich", widersprach ihm Panadis. „Als der Berg einstürzte, nahm unser Klan als nächster in der Verwandtschaft alle geretteten Kinder bei sich auf. Unter den Kleinen fand ich beim Magister Schamach den Neugeborenen mit dem Geburtszeichen, eingehüllt in eine Decke. Das Kind hatte unter dem Körper seiner toten Mutter überlebt. Ich nahm es zu mir und erzog es zu einem Zwergenkönig. Nun ist seine Zeit gekommen."

In den Saal trat ein junger Zwerg mit mutig entschlossenem Gesicht und schwarzem Samtgewand. Gleichzeitig erschienen im Saal bewaffnete und gerüstete Zwerge, die ebenfalls schwarz gekleidet waren. Magister Panadis erhob seine Hand und rief: „Es lebe der König der Zwerge, Nonnon der Erste!“

Der junge Zwerg ging entschlossen auf den Großen Magister zu. Die im Saal Sitzenden waren schockiert und überwältigt. Einige versuchten, aus dem Saal zu entkommen, andere schrien und wiederum andere wandten sich gegen den Usurpator.

Der Große Magister saß schweigend auf seinem Thron. Aristos stellte sich vor ihn, um ihn zu schützen. Gleichzeitig begann die Erde zu beben, als würde ein Riese schweren Schrittes nahen. Panik brach aus. Einige schrien: „Das ist der Anfang vom Ende!“

Magister Panadis lief zum Großen Magister, um ihm die Krone zu entreißen, aber ein zweiter Erdstoß vereitelte sein Unterfangen. Er schaute angstvoll auf den, den er hatte krönen wollen, nahm seine Hand und sagte: „Wir müssen von hier fliehen, bevor alles zusammenbricht, wie im Schwarzen Berg.“

Der ganze Schwarze Klan mit seinem ungekrönten König und dessen Lehrmeister machte sich auf die Flucht.

An den Wänden des Versammlungssaales erschienen zuerst kleine und dann tiefe Risse. Die Leuchter fielen herunter. Immer neue Erdstöße erschütterten den Saal und jeder neue Stoß schien stärker als der vorhergehende zu sein.

Der Saal war bald von den Zwergen verlassen und nur der Große Magister und sein Schüler waren nicht mit den anderen geflüchtet. Sie kauerten sich in eine Wandnische und versuchten sich so gut es ging vor den herunterfallenden Steinbrocken zu schützen.

Als die Erdstöße endlich endeten, sah der Versammlungssaal wie eine wilde Berghöhle aus und nicht mehr wie das Bauwerk, in dem die großen Könige einst ihre Untergebenen empfangen hatten.

„Ist nun alles vollbracht und alles zu Ende?“, fragte Aristos.

„Nein“, antwortete der Große Magister. „Ich habe nur zwölf Erdstöße gezählt. Die Prophezeiung spricht davon, dass sich nach dem dreizehnten alles unwiderruflich ändert.“

Im früheren Palast, in dem nur die beiden zurückgeblieben waren, trat völlige Ruhe ein. Aus dem Erdinnern war ein ferner Ton zu vernehmen, einer Flöte ähnlich. Traurigen Herzens hörten sie zu.

„Was ist das?“, fragte Aristos.

„Die Zarin der Welt weint“, sagte der Große Magister und beide legten sich auf die Erde.

Die Melodie war wunderschön und zart und trotzdem herzzerreißend. Dem Alten liefen Tränen über das Gesicht.

Dann folgte ein neuer starker Erdstoß – viel kräftiger als die letzten zwölf.

Aristos schützte den Lehrer mit seinem Körper. Ein starker Schlag auf den Kopf schaltete das Bewusstsein des Schülers aus ...

„Aristos, Aristos!“ Er erwachte davon, dass jemand ihm auf die Wangen klatschte. „Na endlich ist er wieder zu sich gekommen.“

Schrittweise kehrte die Klarheit in seinen Kopf zurück.

„Steh auf!“, forderte der Lehrmeister ihn auf. „Wir müssen los!“

Sein Schüler stand auf, verstand aber noch nichts. Sein Kopf schmerzte. Vorsichtig berührte er ihn, spürte aber kein Blut.

„Der Thron ist auf uns gestürzt und hat uns geschützt. Nur dich hat er gestreift. Gehen wir!“

Sie begaben sich in eine Ecke des zerstörten Saales. Dort fand der Große Magister eine Platte mit Zeichnungen und Symbolen. Seine Hand glitt von oben nach unten und von rechts nach links über die Symbole und der Stein öffnete sich lautlos. Ein enger Gang öffnete sich und eine Wendeltreppe führte nach oben.

„Gehen wir“, sagte der Magister und stieg selbst als Erster die Treppe hinauf.

Der Aufstieg dauerte lange. Als die Treppe endete, befanden sie sich in einer Felsspalte. Sie zwängten sich mühsam hindurch und sahen von irgendwo oben Licht.

„Gleich sind wir am Ziel“, sagte der Lehrmeister.

Und tatsächlich: Nach wenigen Biegungen ließen sie die Felsen hinter sich. Vor Aristos zeigten sich der Sternenhimmel und ein riesiger Mond.

Zum ersten Mal war er auf der Erdoberfläche, denn das Leben der Gnome spielte sich tief unter der Erde ab.

Sie befanden sich an einem Berghang und unter ihnen waren viele Lichter zu sehen.

„Das ist eine Menschenstadt", sagte der Lehrmeister, als würde er auf die Gedanken seines Schülers antworten. „Wir müssen gehen. Uns bleibt wenig Zeit."

Sie stiegen auf den Berg. Als sie fast dessen Spitze erreicht hatten, bemerkten sie zwischen den Steinen ein hell scheinendes Objekt. Der Schüler beugte sich und holte einen riesengroßen Diamanten heraus, der die Form eines Tropfens hatte und absolut rein und glatt war, als hätten ihn die kundigsten Diamantschleifer unter den Zwergen poliert.

„Was ist das?“, fragte er und zeigte den Stein dem Lehrmeister.

„Die Träne der Zarin der Welt, deren Weinen wir vernahmen. Jetzt müssen wir zurück in unsere Welt.“

Vorsichtig gingen sie zu der Felsspalte hinunter, die ins Berginnere führte, und zwängten sich hinein. Das Mondlicht ließen sie zurück. Wieder waren sie auf der Wendeltreppe, die zum Versammlungssaal führte. Am Relief mit den Symbolen führte der Alte die nur ihm bekannten Manipulationen durch und wieder öffnete und schloss sich der Stein lautlos.

Im Saal herrschte absolute Finsternis.

„Wir müssen die Schriftrollen finden“, sagte der Magister.

„Aber hier ist nichts zu sehen“, antwortete Aristos besorgt.

Der Große Magister nahm den Diamanten aus seinem Gewand. Dieser verbreitete ein leicht bläuliches Licht.

Aristos bewegte sich langsam in Richtung des Throns. Überall waren Steinhaufen, zerbrochene Möbelstücke, Fahnen, herabgefallene Leuchter. Steine und Glas knirschten unter den Schuhen.

Die Edelsteine in der Krone leuchteten in der Dunkelheit auf, als das Licht des Diamanten auf sie traf. Der Schüler hob die uralte Reliquie sorgfältig auf. Hier war der Thron, der ihnen das Leben gerettet hatte, daneben lagen die Schriftrollen im Staub. Er zählte sie nach – es waren fünf. Daraufhin ging der Schüler zurück in die Tiefe des Saales zu seinem Lehrer.

Auf dem Weg sah er eine große Fahne, die er von der Fahnenstange nahm, um für den weiteren Weg eine Art Sack zu haben, in dem er die Krone und die Schriftrollen tragen konnte.

Als er zum Lehrmeister kam, befahl dieser: „Schneller! Wir müssen hier raus, bevor uns alles auf den Kopf fällt."

Aus den Überresten des früheren Palastes kamen sie recht schnell heraus und fanden sich an der Anlegestelle wieder.

Allerdings gab es hier weder große noch kleine Boote. Offenbar hatten die Zwerge auf ihrer panischen Flucht alle Boote benutzt, die sie finden konnten. Immerhin gab es eine Menge langer Holzlatten und auch Stricke ließen sich finden.

Aristos beeilte sich, aus diesen Materialien ein Floß zu bauen. Der Große Magister schaute ihm liebevoll zu, wie schnell und gewandt sein Schüler mit der Arbeit vorankam.

„Was hätte ich nur ohne dich getan?", bemerkte er.

„Wer hätte Sie allein hierher gelassen?", antwortete der Schüler mit einem Lächeln. „Na also, es ist fertig und kann zu Wasser gelassen werden.“ Er nahm noch eine Fahnenstange und befestigte sie am Floß.

Das Wasser spritzte auf, als er das Floß hineinfallen ließ, aber die Konstruktion hielt. Die erste Taufe hatte es bestanden. Er hielt dem Alten seine Hand hin, um ihm an Bord zu helfen. Der Magister ließ sich vom Pier vorsichtig auf das Floß hinunter. Dieses schaukelte zwar etwas, aber er spürte, dass die kräftigen Knoten die Planken zusammenhalten würden.

Der Schüler nahm die lange Stange, stieß vom Ufer ab und langsam trieben sie in die Richtung, in der der unterirdische Fluss in den ebenfalls unterirdischen See mündete.

Traurig sah der Große Magister auf die Überreste des Palastes, der einmal das Zentrum der Zwergenwelt gewesen war – der Welt, die nicht mehr existierte. Sie legten dort an, wo sie noch vor Kurzem mit einiger Hoffnung gestartet waren, und machten sich dann auf den Weg nach Hause.

Auf dem ganzen Weg schwiegen beide. Der Große Magister dachte daran, was wohl noch vor ihnen liegen mochte, und Aristos war besorgt, weil sie keine Essensvorräte mehr hatten und der Alte jetzt schon ausgemergelt aussah. Sie kamen zum Stein der Prophezeiung und mussten feststellen, dass dieser umgestoßen und gespalten dalag.

„Das war nicht das Erdbeben“, sagte der Magister. „Es war eine Hand, die alles zerstören wollte, was an die Prophezeiung erinnert.“

Aristos breitete ein paar der samtigen Fahnen, die er am Pier gefunden hatte, als Unterlage aus und sie schliefen traumlos. Müdigkeit und Hunger hatten sie schnell in den Schlaf gewogen. Am nächsten

Morgen wuschen sie sich und tranken Wasser, bevor sie sich erneut auf den Weg machten.

„Bald muss auch der Turm der großen Bibliothek auftauchen“, sagte Aristos.

Und tatsächlich sahen sie dunkle Umrisse vor sich, die bis ans Höhlendach reichten.

„Da ist er ja!“, rief der Schüler, der auf Wärme und Nahrung hoffte.

Der Lehrer sagte kein Wort, als wüsste er Bescheid, und etwa eine halbe Stunde später verstand auch Aristos, dass es keinen Turm mehr gab und nur die Ruine vor ihnen lag.

Der Große Magister rief: „Wo alles seinen Anfang nahm, dort endet es auch.“

Dann wandte er sich der Höhle zu, die nun ihre Wohnstatt wurde.

Aristos barg die eine oder andere Schriftrolle aus den Trümmern der Bibliothek, aber die Kräfte des Lehrmeisters schwanden und er stand nicht mehr vom Lager auf.

Eines Tages rief er seinen Schüler zu sich und sagte: „Mach eine Fassung für den Diamanten und versehe sie mit Zwergensymbolen, um seine Geschichte zu erzählen.“

Mehrere Wochen arbeitete der Schüler an diesem Werk und brachte es schließlich zu seinem Lehrer.

„Eine würdige Arbeit und ein würdevolles Ende der Vergangenheit. Es ist der krönende Kranz des Kunsthandwerks der Zwerge und soll für den ein Heiligtum sein, der es aus deinen Händen erhält und der dieser unserer Welt neue Bedeutung zu geben vermag. Wenn ich nicht mehr bin, musst du die übrig gebliebenen Zwerge versammeln, einen neuen Platz in der Welt für sie finden, ihnen einen neuen Lebenssinn vermitteln. Sonst vergeht alles wie ein Märchen oder ein Traum. Du nimmst die Königskrone und wirst neuer Großer Magister.“

Der Schüler versuchte, ihm die Sache auszureden, aber der Magister schaute ihn nur streng an, so dass ihm klar wurde: Das war ein Befehl – das Vermächtnis des Großen Magisters.

Und tatsächlich ging der Große Magister schon bald aus dieser Welt ...

* * *

Alle Anwesenden im Kabinett des Heiligen Nikolaus hörten der langen Geschichte schweigend zu. Der uralte Zwerg machte eine Pause und es schien, als könnte er noch nicht aus seiner Welt, der Welt der Erinnerungen, ins Hier und Jetzt zurückkehren. Schließlich aber wandte er sich an den Herrn des Kabinetts: „Und heute nun, mein Freund, da ich fühle, dass meine Zeit gekommen ist, muss sich das Vermächtnis meines Lehrers erfüllen."

Der Große Magister Aristos machte eine Handbewegung und ein junger Zwerg, der sein bester Schüler war, brachte ihm eine kleine Truhe. Er öffnete sie und nahm einen Diamanten in goldener gearbeiteter Fassung heraus.

„Möglich, dass gerade Ihr den Zweck der Reliquie findet."

„Das ist eine Ehre für mich", sagte der Heilige Nikolaus, als er das wertvolle Stück an sich nahm.

„Nein, *mir* ist es eine Ehre. Ihr gabt meinem Volk einen Platz und vermitteltet unserem Sein Lebenssinn: den Dienst in der Weihnachtszeit, dem Fest der Liebe und der Freude. Was kann besser und schöner sein!"

Mithilfe seines Schülers stand der Magister auf und wandte sich dem Ausgang zu.

Der Heilige Nikolaus legte den Diamanten auf den Tisch, auf dem die Briefe der Kinder mit ihren Weihnachtswünschen lagen, und ging ein paar Schritte, um den Gast zu begleiten.

Schon in der Tür drehte sich der Alte um und sagte: „Ich verabschiede mich, denn es ist wahrscheinlich, dass wir uns nicht wiedersehen."

„Ich verabschiede mich, mein Freund", umarmte der Heilige Nikolaus den Großen Magister.

Die Anwesenden, die Zeuge dieser berührenden Szene wurden, konnten ihre Tränen nicht zurückhalten.

Der Heilige Nikolaus ging zum Tisch zurück. Er hatte noch viel zu tun, um die krakelige Schrift der Kinder und ihre Wunschbriefe zu verstehen, die aus aller Welt zu ihm geflattert waren. Ein Schreiben mit besonders akkurater Handschrift fiel ihm ins Auge. Er nahm den Brief, um ihn zu lesen, aber die Schrift war krakelig wie bei den meisten Schulkindern. Erst als er die Schrift durch den Diamanten sah, reihten sich die Buchstaben ordentlich und fein aneinander.

„Was nicht alles so passiert, wenn man den ganzen Tag das Gekrakel lesen muss“, bemerkte der Heilige Nikolaus. Noch einmal schaute er durch den Brillanten und wieder wurde die Handschrift vorbildlich.

Da richtete er den Diamanten auf einen fast unleserlichen Brief, auf dem ein Pferd mit drei Beinen abgebildet war, und tatsächlich sah er eine kalligrafische Schrift und las:

Bei meinem Pferd ist ein Bein abgebrochen und ich bitte dich, es wieder zu reparieren. Wenn ich groß bin, werde ich Chirurg und werde alle gebrochenen Beine richten und heilen.

„Ich habe eine Zauberlupe in meiner Hand!“, schallte durch das ganze Haus die freudige Stimme des Heiligen Nikolaus.

Kapitel 3

Die Verschwörung

An einem warmen Maiabend war der Ranelagh-Park voller Spaziergänger. Die Kinder hatten keine Lust, nach Hause zu gehen. Und auch die Eltern waren nach ihrer Arbeit nicht so erpicht darauf. Die Kleinen fuhren Fahrrad, spielten Verstecken, am Lafontaine-Denkmal schreite jemand aufgeregt die Wörter eines Abzählreims heraus. Ein toller Abend!

Von der Seite des Maréchaux-Boulevards näherte sich ein untersetzter, kräftiger Mann in einem langen grauen Mantel mit einer eigenartigen ledernen

Kopfbedeckung in der Form einer Kosakenmütze, deren Farbe undefinierbar war. Seine Kleidung und die Haut sahen aus, als hätte er einiges hinter sich: Regen und Sonne hatten die Farben herausgewaschen und herausgebleicht, bis nur ein graugrüner Farbton übrig geblieben war. Schwere, mit Eisen beschlagene Stiefel erzeugten auf dem sandigen Gehweg einen dumpfen Ton, der vom Marmottan-Museum durch den ganzen Park zum Beauséjour-Boulevard führte. An einer massiven Kette führte er ein rätselhaftes Tier, das wie eine Mischung von Wolf und Bär aussah – ein wahres Ungeheuer. Die boshaften roten Augen blitzten, während es nach links und rechts zu schielen schien. Instinktiv stellten sich Eltern schützend vor ihre Kinder.

Das Ungeheuer hatte ein paarmal knurrend seine Zähne gebleckt und war jedes Mal von seinem Besitzer mit einem scharfen Ruck zurückgezogen worden, wenn es den Kleinen zu nah kam.

„Wenn du das noch einmal tust …“, drohte der Besitzer in einer Sprache, die nur ihm verständlich war. „Wenn du auch nur einen Kleinen erschreckst, können wir das Ziel unserer Reise vergessen.“

Das Ungeheuer knurrte etwas Unverständliches zurück und sie gingen weiter und verbreiteten Schrecken unter den Spaziergängern.

Der Park war von schreckerfüllten Schreien der Kinder erfüllt: „Ein Wolf, ein Wolf!“ Auch die Eltern wichen panisch aus, aber einige der Kinder versuchten im Gegenteil, ihren Mut unter Beweis zu stellen, und näherten sich dem schrecklichen Tier, was den Besitzer offenbar nervte, da er seine Bestie nur schwer zurückhalten konnte. Die Unvernünftigsten versuchten gar, den Schwanz des Ungeheuers zu berühren.

Plötzlich tauchte direkt vor dem Maul der Bestie ein blauäugiger Junge auf, der wohl sechs Jahre alt sein mochte. Aus den roten Augen des Ungeheuers sprühten Funken und schaumiger Speichel lief aus dem Maul, aus dem ein schwerer stöhnender Laut entwich, der aus dem Inneren des Bauchs zu kommen schien und immer lauter wurde. Der Junge sah dem Tier direkt in die Augen und streckte ruhig seine Hand aus, um es hinter den Ohren zu kraulen, die am massiven Haupt saßen. Die ganze Allee hielt den Atem an und in der plötzlichen Stille war seine zärtliche und ruhige Kinderstimme zu hören: „Hab keine Angst. Ich meine es gut."

„Habt ihr das gehört?", murmelte die Menge und viele der Eltern lachten, um ihre eigene Furcht zu entladen, laut auf.

Die Äußerung des Kindes wurde im Quartier La Muette auf lange Zeit zu einer stehenden Redewendung. Wenn irgendjemand jemanden in einer angespannten Situation beruhigen oder aufheitern wollte, wiederholte er einfach: „Hab keine Angst, ich meine es gut." Und schon lächelten alle.

Das Ungeheuer und sein Führer waren schockiert vom Verhalten des Jungen und erstarrten für einen Augenblick. Instinktiv setzte die Bestie zum Sprung an. Sein Herr spannte die Kette bis zum Äußersten, um sie davon abzuhalten.

Plötzlich rannte von einer Seite ein anderer Junge auf das Tier zu und stieß mit voller Wucht mit seiner Schulter gegen das Maul, so dass sich das Ungeheuer auf die heraushängende Zunge biss und vor Schmerz aufheulte.

„Hier bist du also und ich suche dich im ganzen Park." Er nahm den Jungen an der Hand und führte ihn weg.

Diese Wendung des Ereignisses löste unter den Zuschauern eine noch größere Bewunderung aus.

„Paul, Paul!“, riefen die Jungen und Mädchen begeistert. So musste es sich im alten Rom angehört haben, wenn man die Sieger unter den Gladiatoren begrüßt hatte.

Die beiden Jungen reagierten allerdings nicht und entfernten sich in Richtung des La-Muette-Platzes.

In gegenläufiger Richtung liefen der unbekannte Herr und sein Riesenhund unter den Schreien der Kinder: „Hab keine Angst, ich meine es gut!“

Am Beauséjour-Boulevard angekommen, bogen sie in die Ranelagh-Straße ein und ließen damit die Eltern und die erregten Kinder zurück.

„Schau an, schau an – nach ewiger Zeit hat er Besuch!“

„Ja, Klara – und was für einen! Allein dieser Herr mit seiner Bestie. Was das für Exemplare sind! Oder die Dame, die sich immer umschaut, als würde sie verfolgt.“

Das Ehepaar Jupri, das im Haus 88 auf der Ranelagh-Straße wohnte, schaute gern aus dem Fenster, um die Bewohner der Einzelhäuser gegenüber zu beobachten. An der Pforte eines Hauses klingelte spätabends ein hagerer junger Mann. Die Tür öffnete sich. Auf der Türschwelle erschien der hochgewachsene Eigentümer, das Gesicht sichtbar gebräunt, aber dennoch von grüngräulicher Blässe. Die Haare, die wohl einst von kräftigem Wuchs gewesen waren, klebten am Schädel. Seine hohe Stirn glänzte im Schein der Straßenlampe wie ein Spiegel. Zur Begrüßung hob er seinen unnatürlich langen Arm.

„Ach, Sie sind es, Monsieur Henri? Kommen Sie rein.“ Seine Stimme klang weich und einschmeichelnd wie zähflüssiger Honig.

Der junge Mann hatte die schwarze Eisenpforte geöffnet und verschwand schnell in der weit geöffneten Tür. Dann wurde diese geschlossen.

„Was für eine Ehre!“, tönte der Hausherr und nahm den Mantel seines Gastes entgegen.

„Kommen Sie ruhig rein. Zwar ist es am Tag noch warm, aber abends feure ich doch schon den Kamin an – Gewohnheit eines Junggesellen“, plapperte er kokett und wies in das Zimmer, das rechts vom Eingang lag.

Der junge Mann ging ins Zimmer. Tatsächlich loderte an der gegenüberliegenden Wand ein Feuer in einem hohen Kamin und im Halbkreis vor diesem standen diverse Sessel, kleine Sofas und Polsterhocker.

Dazwischen standen noch diverse Beistelltische und der ganze Fußboden war mit einem dicken Teppich ausgelegt, in den die Ledersohle seiner Schuhe einsank.

„Gehen Sie ruhig durch“, hörte er hinter sich die Stimme des Hausherrn. „Was mögen Sie lieber – Tee, Kaffee oder vielleicht was Hochprozentiges?“, meinte dieser leicht kichernd.

„Etwas Gift“, vernahm der junge Mann eine grobe und heisere Stimme aus der rechten Zimmerecke.

Sehen konnte er denjenigen nicht, da der Sessel mit dem Rücken zu ihm stand. Er trat näher heran, um die Anwesenden in Augenschein zu nehmen.

„Gleich Gift, haha“, kommentierte der Hausherr. „Verzeihen Sie unseren Freund Nonnon. Er kommt aus einem fernen Land und ist mit der französischen Etikette nicht vertraut.“

Der junge Mann war mittlerweile nah an den Kamin getreten. Zwei rote Augen betrachteten ihn aufmerksam. Auf der Erde, dicht am Kaminfeuer, lag ein Wolf oder irgendein Ungeheuer. Der unerwartete Anblick ließ ihn erzittern.

Dieselbe grobe Stimme ertönte: „Erlauben Sie vorzustellen? Seine Majestät der Wälder – Dodenshaven.“

„Hahaha!“ Der Hausherr fing laut an zu lachen und klopfte dem jungen Mann auf die Schulter. Dann wandte er sich dem Besitzer der groben Stimme zu: „Also hören Sie! Was müssen Sie denn unseren Gast so erschrecken, noch bevor er sich umgesehen hat? Schauen Sie, das ist Madame Claudine Rouge.“

Links vom Kamin stand eine staatliche Rothaarige auf, die so um die vierzig sein mochte. Sie streckte dem Gast energisch ihre Hand zur Begrüßung entgegen. Ihr Haar erschien im Licht des Feuers flammenrot.

„Sehr angenehm“, erwiderte der Gast und versuchte wenig überzeugend zu lächeln.

„Unser neuer Freund, Henri de Mortimon“, stellte ihn der Hausherr freundlich lächelnd vor. „Den König der Wälder kennt ihr schon und unseren ausländischen Freund Nonnon.“ Dabei hielt er die Schulter Henris mit der linken Hand umklammert und wies mit der rechten Hand auf den Besitzer der groben Stimme. Im unsteten Schein des Kamins erschien dessen Gesicht bösartig. Der Hausherr bemerkte die Anspannung des jungen Mannes und schlug ihm beruhigend vor: „Suchen Sie sich einen Sessel aus, wo es Ihnen bequem ist.“

Henri wählte einen Sessel im Stil Voltaires neben Madame Rouge und versuchte, nicht in Richtung des Tiers zu schauen, das ihm nicht geheuer war, weil es seinen Blick keine Sekunde von ihm abließ.

„Also was beliebt Ihnen – Kaffee, Tee?“, fragte ihn der Hausherr.

„Danke, hätten Sie vielleicht heiße Schokolade?“

„Schokolade? Ja klar, mein Freund, klar.“ Er verließ den Salon.

Im Zimmer wurde es still. Das Ungeheuer knurrte etwas vor sich hin, es klang fast wie eine Art Sprache. Nonnon antwortete ihm: „Ja, natürlich."

Fragend sah Henri zu Madame Rouge. Diese gab ihm mit einem Nicken zu verstehen, dass er sich nicht geirrt hatte und dass die beiden tatsächlich in einer Art Sprache miteinander kommunizierten.

„Was tauschen Sie da Blicke? Wenn Sie was wissen wollen, müssen Sie schon den Mut aufbringen und fragen", wandte sich Nonnon ohne höfliche Einleitung an Henri.

In diesem Moment erschien der Hausherr.

„Ihr seid schon im Gespräch?", fragte er.

In den Händen trug er ein silbernes Tablett, auf dem eine hübsch gearbeitete Kanne mit heißer Schokolade und ein kleineres Milchkännchen sowie ein Glas Wasser und ein Becher mit Untertasse standen. Das Tablett stellte der Hausherr auf einem Beistelltisch neben Henri ab und fragte: „Vielleicht noch etwas? Sind Sie nicht hungrig?“

„Nein danke!“, erwiderte Henri.

„Na, dann setze ich mich, wenn Sie erlauben. Heutzutage ist es so schwer, einen guten Diener zu finden, und man muss alles selber machen“, seufzte er und setzte sich in einen massiven Sessel vor dem Kamin.

Madame Rouge und Henri saßen links von ihm und ein Stück weiter rechts im Halbdunkel saß Nonnon in einem ebenso massiven Sessel wie dem des Hausherrn. Direkt vor dem Kamin lag Dodenshaven und das ganze Haus roch nach seinem Fell.

Henri nutzte die Gesprächspause, um sich im Zimmer umzusehen. Er bemerkte ein eigenartiges Mosaik über dem Kamin, das offenbar eine Jagdszene darstellte, wobei nur eine Rotte Hunde oder möglicherweise

Wölfe das Motiv bildete. Darüber thronte ein stattlicher Hirschkopf mit einem Geweih, dessen Enden die Decke berührten.

Der Hausherr bemerkte Henris Interesse an dem ausgestopften Kopf und erklärte, gleichsam auf dessen Gedanken antwortend: „Ehrlich gesagt bin ich kein Jäger und die Anwendung von Gewalt ist mir fremd."

„Hahaha", erschallte das Lachen Nonnons.

Ohne darauf zu achten, setzte er fort: „Und wenn Sie sich umdrehen, sehen Sie den Kopf einer Hirschkuh. Das edle Paar haben mir Freunde geschenkt."

„Interessant", sagte Henri und nahm einen Schluck Schokolade. Er hatte es nicht eilig und wollte wissen, mit wem er es zu tun hatte.

Inzwischen begann der Hausherr, den anderen etwas über ihn zu erzählen:

„Meine Herren, ich habe unseren Freund eingeladen, damit Sie sich mit einem Menschen

gegebener Zeit eine hohe Position in der Gesellschaft einnehmen werden.“

Der Student errötete. Das zeigte, dass der Hausherr seine geheimen Wünsche erraten hatte.

„Wenn irgendwann mit Ihrer Hilfe und dank der Anstrengungen von Gleichgesinnten die Menschen einen neuen Feiertag begehen, der den Sieg der Vernunft über die Dummheit verkörpern wird“, setzte der Hausherr fort, „den Sieg des Wissens über die Dunkelheit des Aberglaubens und der Traditionen, dann hoffe ich, statt des dummen Heiligen Nikolaus, der als Weihnachtsmann Geschenke an Nichtstuer und Einfältige verteilt, eine neue Figur an seiner Stelle zu sehen, die die Ungehorsamen und Faulen bestraft und den Menschen Arbeit schenkt, auf dass sie mehr Geld verdienen. Das wird der Feiertag, der den Sieg der Arbeit über das Nichtstun markiert!“

Madame Rouge und Henri und nach ihnen auch Nonnon applaudierten.

„Ich schlage vor, darauf ein Glas zu leeren." Der Hausherr sprang auf und nahm von einem der Tische eine bereitstehende Flasche, goss den Champagner in Gläser und verteilte diese.

Selbst Dodenshaven erhielt seinen Anteil in einer silbernen Schüssel.

„So. Auf unseren, sagen wir, Klub! Einen Klub, in dem der Verstand als unauslöschliches Licht strahlen wird!"

„Ja, ja!", unterstützten ihn die anderen.

„Der Klub des Monsieur Henri!", rief Madame Rouge.

„Die Klubmitglieder werden sich die Gesellschaft der Arianer nennen", ergänzte Henri mit geheimnisschwangerer Stimme.

„Bravo, mein Freund! Warum nicht gleich nach Eurem Namen?", antwortete der Hausherr kokett.

„Nein, nach Eurem natürlich“, antwortete Henri angeregt.

„Nehmen wir uns vor, dass wir uns wenigstens einmal im Monat treffen, wenn die Umstände es erlauben“, ergänzte der Hausherr mit einem Seitenblick auf Nonnon und Dodenshaven.

„Für mich wird es nicht leicht, solche Regeln einzuhalten, wie Ihr sicher versteht“, antwortete Nonnon.

„Natürlich, natürlich“, beruhigte ihn der Hausherr. „Dann wäre das geklärt?“, wandte er sich an Henri.

Dieser sah Madame Rouge an und betätigte: „Angenommen.“

„Und wenn Sie jemanden treffen, der unsere Ansichten teilt, dann führen Sie ihn zu uns. Meine Tür wird für unsere Freunde immer offen stehen“, ergänzte der Hausherr.

Nach dieser Entscheidung verabschiedeten sich die Gäste angesichts der späten Stunde.

„Darf ich Sie begleiten, Madame?“, fragte Henri.

„Ja gern“, antwortete sie und schaute fragend auf den Hausherrn.

Der nickte bejahend, so dass sie den Salon verließen, nachdem sie sich von Nonnon und Dodenshaven verabschiedet hatten. Der Hausherr begleitete sie noch bis zur Gartenpforte. Monsieur Henri und Madame Rouge liefen die Ranelagh-Straße entlang in Richtung Mozart-Avenue.

Der Hausherr kehrte zu dem Gast zurück, der noch da war.

„Na?“, wandte er sich an den Wolf, der auf dem Teppich saß. „Was denkt ihr über all dies?“

„Menschen sind selten verlässlich. Heute zeigen sie ihr Entzücken und morgen setzen sie dich in einen Käfig, um dich den Kindern zu zeigen. Nein, es reicht nicht, auf Vertrauen zu setzen.“

„Ich denke, Angst ist ein gutes Würgehalsband“, bemerkte Nonnon. „Ich wohne schon lange in dieser Welt und ich kann Ihnen sagen: Nichts schweißt die Leute so zusammen wie ein freundschaftlicher Bund gegen andere. Außerdem versuchen Menschen selten, ihre Angst zu besiegen, und sind eher bereit, sich dem zu unterwerfen, vor dem sie sich fürchten. Aber all das spielt in unsere Hände. Übrigens“, wandte er sich an den Hausherrn, „wissen Sie, dass der alte Dummkopf, der sich Magister nennt, als Geschenk seines Volkes Sie wissen schon wem eine alte Reliquie übergeben hat? Aber soweit ich weiß, wusste er selbst nicht, welche Kräfte in ihr schlummern.“

„Und welche wären das?“, fragte der Hausherr ungeduldig.

„Es ist eine Zauberlupe, die die Wahrheit erkennt, egal wie diese verdeckt ist.“

„Oh ja! Das ist eine mächtige Waffe. Wenn wir die hätten …“, setzte der Hausherr träumerisch hinzu und blickte abwechselnd auf Nonnon und Dodenshaven.

„Das ist der Grund, warum ich zu Euch gekommen bin“, sagte Nonnon. „Um Euch meinen Plan vorzuschlagen.“

„Dann erzählt!“

„Die mir treu ergebenen Zwerge können die Lupe stehlen.“

„Und wie willst du dabei verbergen, dass du deine Hand im Spiel hast? Wenn das aufgedeckt würde, dann könntest du nicht mehr an unserer gemeinsamen Sache teilhaben.“

Hier meldete sich Dodenshaven zu Wort: „Wir stellen ihnen eine Falle. Alles wird aussehen, als ginge die Tat von diesem Clown aus.“

„Ein bemerkenswerter Gedanke“, unterstützte der Hausherr den Vorschlag. „Und wie soll das gehen?“

„Unser hartnäckiger Gegner könnte, wenn er allein ist, den Dieb sehen. Dann würde er ihn sicher selbst verfolgen wollen, da können wir sicher sein." Dodenshaven gab ein Knurren von sich, das seine Art zu lachen war, und schaute dabei hämisch auf den ausgestopften Hirschkopf, der über dem Kamin hing.

„Und wenn du ihn dabei in den Wald lockst, dann kommt er gerade rechtzeitig zu euch zum Abendessen." Der Hausherr zwinkerte dem Wolf mit einem hinterhältigen Lachen zu.

„Haha, wir wissen schon, was wir zu tun haben. Die Sache ist entschieden. Ich komme erst wieder zu Euch, wenn das getan ist. Auch so war es schwer genug, zu Euch zu gelangen."

„Solche Dinge wollen wohlüberlegt sein", bemerkte der Hausherr. „Ihr werdet untereinander in Verbindung bleiben und ich warte hier ab, bis ihr mit dem Ergebnis zurückkehrt."

„Nun, dann ist die Zeit gekommen für den Weg zurück“, antwortete Nonnon.

Im Haus gegenüber: „Da schau nur: er mit seinem furchtbaren Hund! Schau, schau schnell, meine Liebe!“, rief Monsieur Jupri.

Das Ehepaar lehnte sich gemeinsam ans Fenster.

„Oh, es scheint, das furchtbare Tier hat uns erblickt!“, flüsterte Madame Jupri erschrocken.

Tatsächlich: Der Mann im Mantel und sein Begleittier sahen genau in ihre Richtung. Die Eheleute duckten sich erschrocken unter das Fensterbrett.

„Was für ein Blick! Ich habe gleich eine Gänsehaut bekommen!“, sagte der erschrockene Ehemann.

In dieser Nacht konnten sie beide lange nicht einschlafen.

Kapitel 4

Die Auswahl der Hirsche

Anfang Juli war das Wetter im norwegischen Eidsvoll wunderschön.

Auf einem Hügel in der Nähe eines Wasserfalls ruhten sich neun Rentiere von ihrem langen Weg aus, nachdem sie ihren Durst gestillt hatten. Acht von ihnen trugen die folgenden Namen: Blitz, Donner, Komet, Tornado, Tänzer, Springer, Schneller und Cupidon.

Der neunte hieß Rudolf. Es handelte sich um einen mächtigen, edlen Hirsch mit einem großen Kopf und einer Geweihkrone, die in der Sonne blitzte. Seine kräftigen Beine stemmten sich sprungbereit in die Erde. Als jüngster von allen hatte er sich noch keinen Ruhm in Schlachten erworben, war aber schon durch seine rote Nase berühmt geworden, die er einer Waldfee zu verdanken hatte. Zum Glück hatte er das jugendlich unbeholfene Alter hinter sich gelassen, so dass weder erwachsene Rentiere noch Zwerge alberne Bemerkungen in seine Richtung machen konnten.

Er stand und sah auf den Track, der vom Süden bis in den hohen Norden führte – dorthin, wo der Winter das ganze Jahr mächtig war, so dass selbst im Sommer nur der Rand der Fjorde, wo nur ein paar Fischer wohnten, schneefrei war.

„Schaut nur, wie groß unser Ru geworden ist!“, unterbrach Donner die Stille. Seine Stimme hallte feierlich nach.

„Ja wirklich“, bestätigten die anderen Hirsche.

„Wenn ich ihn sehe, denke ich immer, dass unser König wieder bei uns ist. Findet ihr nicht?“, bemerkte Blitz.

„Ja, so scheint es“, antworteten die anderen traurig.

„Ich erinnere mich, wie der Herrscher uns in ferne Länder führte, mit seiner freudigen Stimme, durch jeden Sturm. Selbst die Stimme unseres kleinen Ru erinnert an ihn. Das heißt, dass er unser würdiger Führer sein wird“, erklärte Komet entschieden.

Ein Chor von Stimmen bekräftigte: „Ja, ja.“

Und Schneller sagte: „Mir scheint das auch so.“ Cupidon unterstützte ihn.

„Seine Schönheit ist unerreicht unter den Rentieren“, ergänzte Tänzer.

„Die Frage seiner Wahl wird wie üblich im Rat der Zugtiere entschieden“, schloss Donner den Meinungsaustausch ab.

Der Rat wurde immer einberufen, wenn eine wichtige Entscheidung anstand. Jeder durfte dort auftreten. Falls es zu Meinungsverschiedenheiten kam, wurden die Wortmeldungen der Reihe nach fortgeführt – wobei die Älteren Vorrang hatten –, bis Einstimmigkeit erreicht wurde. Falls diese nicht herbeigeführt werden konnte, blieb alles beim Alten. So hielt man es bei den Rentieren seit Urzeiten, es war ein ungeschriebenes Gesetz der Zugtiere.

Rudolf erwartete ungeduldig die Auswahl der neuen Zughirsche, die jedes Jahr im Sommer stattfand. Aus allen Himmelsrichtungen kamen Hirsche verschiedener Unterarten zusammen, um ihr Leittier zur Aufnahme als Zughirsch des Weihnachtsschlittens zu begleiten.

„Hey, Ru, komm her, wir müssen dir was sagen“, rief Blitz ihn zu sich. Mit einem Satz war Rudolf bei den anderen.

Als Erster sprach wie immer Donner: „Du musst uns gut zuhören, solange die anderen noch nicht hier sind.“

„Ist etwas passiert?“, fragte Rudolf aufgeregt.

„Hör zu und unterbrich ihn nicht“, wies Blitz ihn zurecht und sagte zu Donner: „Erklär es ihm.“

Donner schaute Rudolf mit unverhohlener Bewunderung an – er erinnerte ihn sehr an den früheren König der Zugtiere.

„Schon seit vielen Jahren sind wir die Zugtiere des Heiligen Nikolaus“, begann er. „Wir erinnern uns an die Zeit, als unser König uns als Leittier überall hinführte, auch in manche Schlacht. Aber unsere Zeit neigt sich dem Ende zu. Du bist jung und stark und wirst deshalb bleiben.“

„Aber …“, wollte Rudolf erwidern.

„Schweig!“, gebot Blitz drohend. „Alle Tiere dieses Zuges wissen, dass sie gehorchen müssen, oder sie erleben meinen Zorn.“

Rudolf senkte sein Geweih. Das war eine Geste der Ergebenheit.

„Schon besser“, fuhr Donner fort. „Wir werden acht neue Kandidaten wählen, so dass der neue Weihnachtszug der Hirsche aus diesen und dir bestehen wird. Wir alle werden dich einstimmig zum Leittier wählen.“

„Mich? ... Wieso denn das? Donner, Blitz, ich bin doch euer kleiner Ru. Ihr macht euch wohl über mich lustig?“

„Uns ist nicht zum Lachen zumute“, unterbrach ihn Blitz.

„Also, noch mal: Wir werden dich zum Leittier erklären. Allerdings ist es das Recht der neun Rentiere, die den neuen Zug bilden, einen der ihren zu bestimmen. Außerdem haben wir beschlossen, dass du für die Durchführung der Wahl Verantwortung trägst. Das ist eine große Ehre.“

„Diese Ehre gebührte immer dem König.“ Rudolfs Nase leuchtete noch stärker als sonst, diesmal weil er unsicher war. Bevor er noch ein Wort erwidern konnte, bekräftigte Donner: „Du weißt doch, dass die wilden Hirsche nicht reden können?“

„Schon, aber das war immer ein Rätsel für mich. Warum nur?“

„Nach der Wahl werden die Sieger dem Heiligen Nikolaus vorgestellt und dann erfährst du, was es damit auf sich hat. Nun bereite dich darauf vor, die Teilnehmer aus allen Enden der Welt zu begrüßen.“

Donner hatte seine Ansprache beendet und schwieg.

„Darf ich jetzt etwas sagen?“, bat Rudolf Blitz um Erlaubnis und schaute nacheinander in die Augen der Rentiere, die ihn umstanden.

„Sprich“, stimmte Blitz zu.

„Sprich“, wiederholten die anderen.

„All diese Jahre war ich mit euch zusammen und jeder von euch ehrwürdigen Hirschen war mir wie ein Vater. Geduldig habt ihr mich gelehrt und jetzt habe ich von euch das gehört, was ich nicht erwartet habe. Ich bin noch nicht bereit, ein Leittier zu sein, weil ich mir nicht vorstellen kann, ohne euch zu sein. Nehmt mich mit. Ich möchte da sein, wo ihr seid.“

„Oh!“, rief Blitz aus. „Deine Worte tun meinem Herzen weh. Wir lieben dich, aber wir können dich nicht mitnehmen auf unsere Reise. Dorthin, wo alle Helden auf das Ende der Zeit und den Beginn der Ewigkeit warten, kannst du mit uns nicht gehen. Aber irgendwann werden wir alle unbedingt wieder vereint sein, mein Freund. Ja, ab heute ist es mir eine Ehre, dich Freund zu nennen.“

„Ja“, stimmte ihm jeder Hirsch zu.

„Jetzt aber solltest du keine unnötigen Worte plappern, sondern die Aufgabe annehmen, die dir bestimmt ist, und die Verantwortung, die dir übertragen wird, mit Würde ausfüllen. Weiter können wir dich nichts mehr lehren. Ist es nicht so, Freunde?" Blitz schaute in die Runde.

„Er wird alles schaffen, wir sind davon überzeugt", sprach Donner für alle.

Zu dieser Zeit erschien am Horizont eine Staubwolke, in der man mit Mühe einen kleinen rötlichen Fleck erkennen konnte. Der Fleck wurde nach und nach größer und die Umrisse von Hirschrücken, blitzenden Geweihen und schwarzen Beinen zeichneten sich ab. Zur Hirschauswahl kam eine Herde der in Sümpfen heimischen Huftiere aus Südamerika.

Rudolf schaute zu Donner herüber, der in der Vergangenheit Gäste stets mit seiner weithin tönenden Stimme begrüßt hatte. Aber dieser hielt sich zurück, als hätte er deren Ankunft gar nicht bemerkt, schaute auf seine Hufe und nibbelte am frischen Gras.

Rudolf schaute Blitz an. Dieser schaute ihn ruhig an, wie um zu sagen, dass er jetzt von ihm selbstbewusstes Handeln erwartete.

Rudolf sprang mit einem Satz auf die Spitze des Hügels, sammelte sich, wobei er in die Ferne schaute, hob seinen Kopf, bis die Krone seines Geweihs seinen breiten Rücken berührte, und stieß einen reinen röhrenden Laut aus, der über das ganze Tal schallte und dessen Echo sich in den Bergen brach.

Donner blickte mit Stolz zuerst auf Rudolf und dann auf die anderen Tiere des Zuges und schien zu sagen: „Mein Schüler!“ Die anderen nickten zustimmend mit ihren Hirschköpfen.

Die etwa fünfzigköpfige Gruppe wurde von einem Leittier angeführt, das Rudolf mit einem kräftigen Röhren gegenübertrat. Donner quittierte die Begrüßung mit einem Blick, der besagte: „An unseren reicht der nicht heran.“

Rudolf begrüßte die Gäste freundlich: „Ihr seid willkommen. Trinkt nach der langen Reise und äst nach Belieben das hiesige Gras.“

Die Gäste senkten ehrfürchtig ihre Köpfe und traten näher, um die weltbekannten Zugtiere aus dem Zug des Heiligen Nikolaus zu begrüßen.

Jeder Hirsch jeder Unterart, wo auch immer er leben mochte, träumte davon, die berühmten Hirsche mit eigenen Augen zu sehen. Schüchtern näherten sie sich den Helden, von denen sie so viel gehört hatten: Blitz, Donner, Komet, Tänzer, Springer, Schneller, Cupidon – so also sahen sie aus!

Die Veteranen genossen die Bewunderung der Gäste, die sie von allen Seiten betrachteten. Dann wandte Blitz sich an ihr Leittier: „Ich werde euch jetzt Rudolf vorstellen – den neuen Führer des Zuges. Ab heute werden wir uns alle seinen Befehlen unterwerfen."

Das Leittier der Sumpfhirsche näherte sich Rudolf auf die Entfernung eines Sprungs – so verlangte es das ungeschriebene Gesetz. Er senkte sein Geweih so, dass die Spitzen die Erde berührten. Das war die universelle Geste der Unterwerfung und Ehrerbietung. Ebenso verhielten sich die anderen Ankömmlinge. Rudolf erwiderte den Gruß, indem er mit dem rechten Huf scharrte und damit die Gäste wissen ließ, dass sie eingeladen waren, nach Belieben ihren Platz zu suchen. Die von der Reise ermüdeten Hirsche verteilten sich rund um den Hügel. Zehn Hirsche gingen zum Wasserfall. Rudolf nahm erneut seinen Platz auf dem Aussichtshügel ein.

Plötzlich war ein sirrendes Geräusch zu vernehmen. Als Rudolf sich umdrehte, sah er, dass die Vögel beim Wasserfall lärmend aus den Bäumen aufgeflogen waren.

„Wölfe!“ Dieser Gedanke schoss Blitz sofort durch den Kopf und seine Beine setzten von selbst zum Sprung an den Fuß des Hügels an. Nach einigen weiteren Sätzen näherte er sich dem Wäldchen.

Die Sumpfhirsche hatten friedlich beim Wasserfall geäst, wo das Gras besonders saftig war. Es schien, als könnte von keiner Seite Gefahr drohen. Plötzlich bemerkte Rudolf, wie etwas Schweres auf seinen Rücken fiel. Er schüttelte den Angreifer mit kräftiger Bewegung nach vorne ab und sah einen schwarzen Wolf, der sich in seinem Geweih verhakt hatte, mit den Zähnen fletschte und winselte. Mit einem weiteren Stoß schüttelte er den Wolf in Richtung des Wasserfalls ab und sah, dass dort ein großes Rudel von dreißig Wölfen die Hirsche angriff, die von der Attacke völlig überrascht waren. Ein Hirsch war bereits von vier Wölfen zu Boden gerungen worden.

Rudolf ging zum Angriff über und sprang mit den Hufen nach vorne so auf die Wölfe, dass er zweien das Fell aufschlitzte. Diese wurden zur Seite geschleudert, so dass ihr Opfer sich wiederaufrichten konnte. Die anderen Hirsche waren allerdings in einer Schockstarre, so dass die Wölfe sich ungehindert neue Opfer aussuchen konnten. Drei Wölfe hatten sich einen abseitsstehenden Hirsch ausgesucht, sich mit den Fangzähnen in seine Beine verbissen und schickten sich an, den Unglücklichen zu Boden zu werfen.

Fünf weitere Wölfe hatten den Zugang zu dem Angriffsopfer versperrt.

Wütend setzte Rudolf zu einem mächtigen Sprung an und versetzte ihnen mit seinen Hufen mächtige Tritte. Knochen zerbrachen knirschend. Einige Wölfe waren unverletzt und sprangen ihn an. Aber mit einem wuchtigen Schwenk seines Kopfes stellte er ihnen sein Geweih entgegen. Ein lautes Winseln ertönte und schwarzes Wolfsblut tropfte von den Schrecken verbreitenden scharfzackigen Enden der Geweihkrone. Rudolf gab keine Ruhe, bis die Wölfe besiegt in den rauschenden Wasserfall stürzten.

Nun hatten auch die anderen Hirsche ihren Mut wiedergefunden und stellten die Wölfe. Ein erwachsener Hirsch konnte es durchaus mit drei oder vier Wölfen aufnehmen. Die Wölfe erkannten, dass ihr Überraschungsangriff missglückt war und dass es jetzt darum ging, die eigene Haut zu retten.

Sie legten den Rückwärtsgang ein und standen zähnefletschend in einer Linie. Die Hirsche wiederum stellten sich ihnen mit ihren Geweihen unter der Führung Rudolfs entgegen, um einen Keil in das Wolfsrudel zu treiben.

Rudolf stieß einen mächtigen Angriffsruf aus. Seine Artgenossen stürmten nach vorne und teilten die Angreifer. Etwa zehn der Raubtiere flüchteten ins Unterholz des Waldes, wo die Hirsche im Nachteil waren, weil sich ihre Geweihe in den Ästen verfangen würden.

Im freien Gelände war der Hirsch dagegen dem Wolf überlegen und unbesiegbar.

Rudolf formierte seine Hirschtruppe zur Verfolgung der Wölfe auf der dem Wald gegenüberliegenden Seite und griff an. Den bereits Fliehenden stellte sich unerwartet das Leittier der Sumpfhirsche entgegen. Tänzelnd stellte er mal dem einen, mal einem anderen Wolf seine Hörner entgegen, so dass sich das Rudel nicht zum Gegenangriff formieren konnte. Auf dem Rückzug fanden sich die keuchenden und knurrenden Wölfe schließlich nacheinander am Fuß des Hügels wieder, wo sie auf die Veteranen trafen.

Diese wandten sich ausgeruht zum Kampf, indem sie jeweils aus erhöhter Position in die Reihen der Wölfe vorstießen. Oh, das war ein Hauen und Stechen! Die Wölfe fielen und rollten in verschiedene Richtungen, bis schließlich auch der letzte sich mit eingezogenem Schwanz trollte. Die jungen Sumpfhirsche zerstreuten die letzten Tiere des besiegten Rudels, indem sie sie über das freie Feld verfolgten.

Rudolf sah, dass die Wölfe zwar besiegt waren, aber dennoch eine mögliche Gefahr für die ungeübten Hirsche darstellten, besonders wenn sie einen der Angriffslustigen in eine Falle locken könnten. Er hob sein Haupt und stieß aus voller Kraft den Siegesruf und gleich darauf das Signal zur Sammlung aus. Er erkletterte den Hügel und betrachtete das Feld des Kampfes von oben. Das Leittier der Sumpfhirsche sammelte seine Herde, die sich hinter ihm aufstellte. Die jungen Hirsche schauten begeistert auf Rudolf.

Blitz nahm ihn besorgt in Augenschein. „Bist du verwundet? Dein Kopf ist voller Blut!“

Auch Donner, Tornado, Komet und die anderen Veteranen schlossen auf und betrachteten die blutige Wunde.

„Nein“, sagte Cupidon lachend. „Das ist keine Wunde, sondern Wolfsblut!“

„Wolfsblut“, wiederholten die anderen erleichtert und wollten Rudolf zum Sieg gratulieren.

„Habt ihr seine Bewegungen gesehen?“, fragte Tänzer.

„Welche Kraft und Geschwindigkeit!“, bemerkte Tornado.

„Aber es war wahnsinnig“, erklärte Blitz und die anderen schwiegen. „Wenn du in Zukunft so unbesorgt und furchtlos handelst“, sagte er vorwurfsvoll, „bringst du dich und andere dir

Anvertraute in Gefahr. Du musst vernünftig sein und niemals allein beginnen. Du musst wissen, dass unser Feind listig ist, und darfst es nie vergessen!“

Rudolf senkte seinen Kopf. Statt Lob für seine Unerschrockenheit zu ernten, wurde er mit Vorwürfen konfrontiert. Er verstand aber, dass Blitz recht hatte. Ein paar Sekunden standen alle schweigend da.

„Nun gut“, sagte Blitz schließlich. „Du bist trotz allem ein Prachtkerl! Dieser Kampf war unvergesslich und sehenswert. Aber beim nächsten Mal denke erst nach, bevor deine Angriffslust mit dir durchgeht, und lass ein paar Wölfe für die anderen übrig.“

Alle lachten befreit und freundschaftlich.

„Wir haben noch einen Helden, der die Wölfe durch seinen Mut beeindruckt hat, der ihnen einen tödlichen Kampf aufzwang und sie vertrieb – das Leittier der

Sumpfhirsche. Komm zu uns, du sollst nicht abseitsstehen.“

Der Hirsch näherte sich bescheiden den Veteranen, die ihn freundlich mit Nasenstupsern begrüßten.

Nachdem sie das Wolfsblut im Wasserfall abgewaschen hatten, beschlossen sie alle, am Hügel zusammenzubleiben. Rudolf nahm seine Aufsichtsposition auf der Spitze ein.

Bald sah er die nächste Staubwolke, die sich aus dem Tal kommend in Richtung des Hügels bewegte. Wieder ließ er seinen Ruf laut erschallen und aus der Richtung der ankommenden Hirsche ertönte ein nicht weniger lauter Ruf, so dass alle gespannt waren, das Leittier zu sehen.

Der Staub legte sich langsam, so dass die Umrisse der Hirsche sichtbar wurden.

An der Spitze einer Herde aus zweihundert oder dreihundert Köpfen stand ein mächtiger dunkelbrauner Hirsch mit einem unglaublich großen Geweih.

„Ein Maral“, kommentierte Blitz. „So heißt diese sibirische Hirschart. Sie sind durch ihre Größe, ihren harten Charakter und ihr Streben nach Führung bekannt.“

Daneben stand ein kleinerer Hirsch mit Flecken auf dem Rücken.

„Das ist ein Kaspi-Hirsch“, erklärte Tänzer.

Hinter ihm tauchte ein Hirsch mit weißer Schnauze auf, die aussah, als hätte er gerade Milch getrunken. Links des gigantischen Marals stand ein zierlicher Imperator-Hirsch mit goldbraunem Fell und spitzen Geweihenden. Er sah so hübsch aus, dass man die Augen von ihm nicht abwenden mochte.

„Und jener ist ein Barasingha“, zeigte Tornado auf ein hellbraunes Tier mit langem Gehörn und Flecken, die sich nur leicht auf dem Rücken abzeichneten. Danach wandte er sich an alle Ankömmlinge und sagte: „Stillt euren Durst nach der langen Reise und äst unser Gras."

Die meisten Hirsche wollten dem nachkommen, aber der Maral rührte sich nicht vom Fleck. Er klopfte mit seinem Huf auf den Boden und die Herde erstarrte.

Die Zugveteranen und das Leittier der Sumpfhirsche bauten sich links und rechts von Rudolf auf und Blitz ergriff das Wort:

„Ich habe lange Jahre diesen Zug geführt. Rudolf ist bereits seit jungen Jahren bei uns, er lernte von uns und hat sich in dieser Zeit zu einem von uns entwickelt. Die Epoche der Veteranen läuft nun ab und wir überlassen unsere Plätze der Auswahl der Hirsche der verschiedenen Arten aus aller Welt. Rudolf aber bleibt und wenn unser Wort Gewicht bei euch hat, dann gebührt ihm der Platz des Leithirsches des Weihnachtszuges. Die letzte

Entscheidung liegt bei den Hirschen, die gemeinsam den neuen Zug bilden."

Als er seine Ansprache beendet hatte, traten vier der Hirsche, die vorher links und rechts des Marals gestanden hatten, zu Rudolf und erwiesen ihm auf die übliche Weise ihre Ehrerbietung, indem sie in gebührender Entfernung stehen blieben und ihre Geweihe senkten.

Die ganze gewaltige Herde folgte ihrem Beispiel.

Nur der Maral blieb schweigend stehen und starrte vor sich hin.

„Seid vorsichtig!" Rudolf erhob seine Stimme, damit alle ihn hören konnten. In der Nähe streift ein Wolfsrudel durch unser Gebiet. Offenbar wissen sie, dass sich die Hirsche heute hier versammeln, und wollen unser Treffen stören. Deshalb solltet ihr nur in größeren Gruppen zum Wasserfall gehen und euch nicht allein dem Wald nähern."

Die Hirsche der Herde zerstreuten sich über das weite Feld, während die Leithirsche bei der Gruppe der Veteranen blieben. Jeder von ihnen begrüßte zuerst seinen Artgenossen und dann alle anderen. Nur der Maral stand einsam und unbeweglich am Fuß des Hügels. Das konnte nur heißen, dass er Rudolf nicht als Führer anerkennen wollte und ihn herausforderte. Blitz trat an ihn heran.

„Sei nicht störrisch. Niemand hat dich deiner Rechte beraubt und wenn du der Herausforderer sein willst, dann darfst du das. Du musst nur warten, bis sich alle Hirsche versammelt haben. Feindseligkeit bringt dich nicht weiter. Hier sind alle Freunde."

Der Maral lenkte nicht ein. Blitz ging zu den anderen, die in der Nähe ihres Leittiers ausharrten.

„Ihr alle kennt mich. Ich befehle euch, dem Beispiel der anderen zu folgen, zu äsen, zu trinken und euch auszuruhen."

Die Hirsche stupsten ihr Leittier an, gaben Laute von sich und zerstreuten sich langsam. Nach einiger Zeit kamen die Weißwedelhirsche, die einen langen Weg aus Nordamerika zurückgelegt hatten.

Rudolf begrüßte sie und bot auch ihnen Wasser, Gras und Zeit an, um ihre Kräfte wiederherzustellen. Die erschöpften Hirsche nahmen sein Angebot gern an. Das Leittier der Weißwedelhirsche trat zunächst an Komet heran, der am Rande der Veteranengruppe stand. Dann begrüßte er die anderen. Alle freuten sich über das Treffen, denn schließlich kam es nicht oft vor, dass Hirsche von allen Enden der Welt aufeinandertrafen.

Als Letzte trafen die Rentiere des Nordens ein, mit struppigem Fell und weißlichen Kragen.

Diese Hirschart wurde besonders verehrt, da ihnen früher die Aufgabe zugekommen war,

Zugtiere des Heiligen Nikolaus zu sein, und es ihr legendäres Leittier war, das die Hirsche anderer Arten eingeladen hatte, Teil des Weihnachtszuges zu sein. Sie hatten weiterhin das unumstrittene Recht, das Leittier zu stellen, aber weil ihr Charakter weich und friedliebend war, setzten sie dieses ungeschriebene Recht nicht durch.

„Nun sind die Leittiere aller Hirscharten angekommen“, sagte Donner zu den ihn umgebenden Veteranen. Blitz schaute auf Rudolf. Dieser schaute traurig auf den Maral, der die ganze Zeit unbeweglich abseitsstand. Blitz wollte ihm die Entscheidung erleichtern und sagte:

„Gib das Versammlungssignal. Am heutigen Tag bist du der Einzige, der bereits Mitglied des Zuges ist, so dass du die ganze Macht hast. Die Gesetze sind eindeutig und dir bekannt. Also tu, was du zu tun hast.“

Rudolf schaute Blitz in die Augen und äußerte: „Ich habe das nicht angestrebt.“

„Ich weiß das, mein Freund."

Rudolf nahm wieder seinen Platz auf der Hügelspitze ein, erhob das Haupt und stieß den lauten Ruf zur Sammlung der Herde aus. Die Herden bildeten jeweils ein keilförmiges Dreieck, mit dem Leittier jeder Art an der Spitze.

An der Spitze stand das nördliche Rentier. Dadurch wurde unterstrichen, dass ihm das überlieferte Recht zustand, den Zug zu führen. Das junge starke Rentier mit einer schönen weißen Mähne, die fast einer Löwenmähne ähnelte, tänzelte freudig und ungeduldig und trat von einem Huf auf den anderen.

Rudolf trat vor die Herden, als führte er sie in eine Schlacht, und nahm die Parade ab: „Wir alle haben uns hier versammelt, um das Werk unserer großen Vorfahren ehrfürchtig weiterzuführen. Hier stehen die Besten aller Arten, die bereit sind, ihren Platz im

Weihnachtszug einzunehmen. Mir gebührt die Pflicht, euch nach vorne zu rufen. Stellt euch vor mir auf!“

Sieben Leittiere folgten seiner Aufforderung und stellten sich in einer Reihe vor Rudolf auf.

„Nun muss ich zuerst den Vertreter der nördlichen Rentiere fragen und seiner Art meine Ehre erweisen: Willst du den Platz des Leittiers im Zug einnehmen?“

Das Rentier trat nach vorne. Alle standen still, als es sein Geweih zur Erde neigte. Das war das Zeichen, dass es die Führung Rudolfs anerkannte.

Danach wandte sich Rudolf an das Leittier der Sumpfhirsche aus Südamerika. Dieses trat aus der Reihe, stellte sich rechts vom Rentier auf und senkte ebenfalls sein Geweih bis zur Erde.

„Gefleckter Kaspi-Hirsch!“, rief Rudolf einladend.

Dieser trat vor, stellte sich auf die andere Seite des Rentiers und wiederholte die Geste der Unterwerfung.

Nach ihm folgten der Imperator-Hirsch, der weißmäulige Hirsch, der Barasingha und der Weißwedelhirsch aus Nordamerika.

Nun wandte sich Rudolf dem Maral zu, der sich aber nicht vom Fleck rührte.

„In dem Fall – so will es das Gesetz – soll derjenige, der nicht einverstanden ist, entweder seinen Platz räumen, um jemand anders zum Zug kommen zu lassen, oder aber mich herausfordern, wenn die anderen Leittiere seinem Führungsanspruch zustimmen."

Mit diesen Worten schaute er die anderen sieben Leittiere an, die sich aber nicht rührten, was nur heißen konnte, dass sie ihre Wahl bereits getroffen hatten. Rudolf nahm das zur Kenntnis.

„Unterwirf dich oder verlass unsere Versammlung!“, wandte er sich an den immer noch grimmig dreinschauenden Maral.

Unwillig folgte dieser der Aufforderung und sah Rudolf in die Augen, um sich mit dem Gegner zu messen. Dieser zuckte nicht. Der Maral nahm seinen Platz in der Reihe ein und senkte endlich auch sein Geweih.

„So sei es!“, rief Rudolf.

„So sei es!“, wiederholten die Veteranen des Weihnachtszuges.

Danach wandte sich Rudolf an die auf dem Feld versammelten Hirsche: „Kehrt in eure Heimat zurück und verkündet allen, dass die Wahl stattgefunden hat. Gute Reise euch!“ Sein lauter Ruf verkündete das Versammlungsende.

Die Gäste aus fernen Ländern röhrten auf ihre Weise einen Abschiedsgruß und trabten von dannen, wobei sie erneut Staubwolken unter ihren Hufen aufwirbelten. Nur die nördlichen Rentiere blieben auf dem Feld zurück – ihre Rolle war es, die neuen Kandidaten und die Veteranen zum Heiligen Nikolaus zu begleiten.

„Nun gilt es, Freunde“, wandte sich Rudolf an die Gruppe. „Jetzt ist es Zeit, dass auch wir uns auf den Weg machen.“

Alle stellten sich keilförmig auf, mit Rudolf an der Spitze, hinter ihm die Veteranen, dahinter die frisch gewählten Zugtiere und ganz hinten bildeten die Rentiere den Abschluss der Herde.

„Nach Norden! Nach Norden!“, erscholl Rudolfs freudiger Ruf.

Kapitel 5

Die feierliche Namensgebung

Im Haus des Heiligen Nikolaus[1] liefen die Vorbereitungen zum Feiertag der Namensgebung und der Aufnahme der neuen Hirsche in den Weihnachtszug auf Hochtouren.

---

1 Anmerkung des Übersetzers:

In dieser Geschichte nimmt der Heilige Nikolaus den Platz des Weihnachtsmannes oder Santa Claus ein. Er lebt am Nordpol, Zwerge helfen bei der Wunscherfüllung, Hirsche ziehen seinen Schlitten. In die Figur des Heiligen Nikolaus gehen auch Elemente der Nikolausfigur oder des Knecht Ruprecht ein, die ggf. auch mit der Rute unartige Kinder strafen können. Da sich der Heilige Nikolaus von einem christlichen, heiliggesprochenen Vorbild herleitet und nicht von der kommerzialisierten Figur des Weihnachtsmannes, wird hier eine traditionellere Botschaft transportiert.

Die Zwerge liefen geschäftig durchs ganze Haus – schließlich gab es solche Anlässe nicht oft und Weihnachten stand auch schon vor der Tür.

Genauer gesagt war das Haus des Nikolaus natürlich kein Haus, sondern eher ein geräumiger Palast, aber gewohnheitsmäßig nannten die Zwerge den Palast, in dem der Heilige Nikolaus, die Zwerge und die Zugtiere zusammenlebten, einfach das Haus des Nikolaus. Hier lebten sie alle wie eine freundschaftliche Familie, die das ganze Jahr auf ein Großereignis hinarbeitete – das Weihnachtsfest, dessen Spirit im Laufe der Monate „destilliert“ wurde, um dann in der Weihnachtsnacht als Botschaft der Liebe, der Freude und des Friedens über den ganzen Planeten verteilt zu werden.

Der Klang von Glöckchen ertönte überall und erfreute die fleißigen Zwerge, die in der

Werkstatt einen neuen Schlitten mit allen Vorrichtungen für das Einspannen der Hirsche fertigstellten. Der alte Schlitten wanderte mit den Porträts und Geschichten der früheren Zugtiere ins Schlittenmuseum – den Ehrensaal.

So fand dort auch die neueste ruhmreiche Geschichte – die Schlacht mit den Wölfen am Wasserfall von Eidsvoll – ihre Darstellung. Eine Zwergengruppe fertigte ein Relief im Korridor, der zum Saal führte.

In der Küche, die man am ehesten mit einer großen Konditorei oder Gebäckfabrik vergleichen konnte, fertigten die Zwerge unter Leitung des Magisters eine Riesentorte, auf dem der Weihnachtsschlitten in Originalgröße modelliert war, mitsamt dem Heiligen Nikolaus, einem riesigen Geschenkesack und acht Zugtieren. Die Skulptur war so kunstvoll hergestellt, dass sie über der Torte zu fliegen schien, wobei nur jeweils ein Huf des Hinterbeins die Hirsche mit der Torte verband. An der Spitze flog das Leittier mit der scheinenden roten Nase.

Nun erklang die große Glocke, deren dunkler vibrierender Ton das ganze Haus durchdrang und selbst die fernsten Zimmer erreichte. Es handelte sich um die traditionsreiche Glocke aus dem alten Palast der Großen Zwergenversammlung aus den Zeiten des Zwergenkönigs und sie war an die wenigen übergegangen, die die alten Zeiten überlebt hatten. Magister Aristos hatte dafür gesorgt, dass die große Glocke erhalten geblieben war und nun im Palast des Nikolaus einen Ehrenplatz hatte.

Der Klang der großen Glocke führte dazu, dass alle kurz innehielten, nur um kurz darauf mit neuer Energie an die letzten Vorbereitungen und die Ausschmückung der Räumlichkeiten zu gehen.

Nachdem die Glocke zum zweiten Mal angeschlagen worden war, verschwanden die Zwerge hinter lauter kleinen Türchen, von denen es im ganzen Gebäude so viele gab wie Löcher in einem Schweizer Käse.

Als dann zum dritten Mal der Klang der großen Glocke erscholl, versammelten sich die Zwerge in Gruppen, die sich durch die Farbe der Kaftane voneinander unterschieden – dunkelblaue hier, hellblaue dort, rote, gelbe, grüne und braune Samtkostüme. Jede Gruppe wurde von je einem Zwerg in goldgelb bestickten Samtkaftanen angeführt, mit einem Überwurf und einem goldenen Stab. Die Zwerge hatten sich an den Wänden des großen Saales aufgestellt und als alle ihre Position eingenommen hatten, klopfte der Palastaufseher mit seinem Stab auf den Boden. Im nächsten Augenblick öffneten sich die großen goldenen Türen des Saales, wobei jeder

Türflügel von drei Zwergen bedient wurde, die jeweils verschiedenfarbige Kaftane trugen.

Die für dieses Ritual ausgewählten Zwerge trugen Holzpantinen, während im Alltag solches Schuhwerk nicht mehr üblich war. Die Zwerge trugen lieber Lederstiefelchen oder gestrickte Wollpantoffeln, aber am Feiertag holten sie die unverwüstlichen Pantinen hervor, um der Tradition Genüge zu tun.

Ein dicker und kräftiger Zwerg im goldenen Kostüm schritt langsam den Korridor entlang. Sein langer Bart reichte bis zu seinen Pantoffeln. In den Händen hielt er einen langen goldenen Stab. Mit wichtiger Miene ging er bis zum Zentrum des Saales, wo er genau unter dem riesigen Kronleuchter anhielt, der als Weihnachtsstern gearbeitet war.

Die anderen Zwerge flüsterten einander zu: „Das ist Xoox der Zweite, der Schüler des Großen Magisters Aristos.“

Der Aufseher ließ seinen Blick streng über alle Zwergenreihen gleiten und klopfte dann mit seinem Stab kräftig auf den Boden. Auf dieses Signal traten nun die Zwergenführer in den Kreis um den Weihnachtsstern, der sich aus den Sternzeichen zusammensetzte. Der Magister befahl ihnen, den Thron in den Saal zu bringen. Zwölf Zwerge verneigten sich ehrerbietig. Der Älteste in einem dunkelblauen Kaftan trat an den Zeremonienmeister heran, der einen silbernen Schlüssel von seinem Gürtel löste und an ihn übergab.

Die Zwerge verneigten sich immer noch und näherten sich der großen geschmiedeten Tür des Nikolaus-Hauses. Der Schlüssel drehte sich mühelos im Schloss.

Hinter der Tür öffnete sich ein großer Raum mit einem Möbelstück, das mit einem großen roten Seidentuch verdeckt war.

Als der Zwerg im blauen Kaftan das Tuch entfernte, konnten alle den goldenen Thron des Heiligen Nikolaus sehen. Als alle Zwerge ihren Platz ringsherum eingenommen hatten, ließ sich der Thron mit leichter gleitender Bewegung in Richtung des Saales schieben. Dort musste er seinen Platz im Zentrum einnehmen, wobei die Vorderseite nach Süden und die Rückseite in Richtung des Ehrensaales auszurichten war. Darum kümmerte sich der Zwergenälteste, der den anderen ein Zeichen gab, als dies vollbracht war. Sie schlossen die Tür mit dem silbernen Schlüssel ab und kehrten zum Zeremonienmeister zurück. Der Älteste händigte den Schlüssel aus, der wieder am Gürtel befestigt wurde. Der Meister nickte, um zu bestätigen, dass alles seine Ordnung hatte, und die Zwerge kehrten an ihre Plätze zurück.

Dieses ganze Ritual war in völliger Stille abgelaufen, bis nun der Zeremonienmeister wieder mit seinem Stab kräftig auf den Boden klopfte.

Der Ton war jedenfalls im ganzen Palast gut vernehmbar, denn er löste ein Trappeln aus und als Nächstes erschienen die Hirsche, deren Hufe über den Korridor mit den in Reliefs verewigten Helden der Vergangenheit tönten.

Jeder Hirsch konnte sich vorstellen, dass zukünftig auch sein Abbild Teil der illustrierten Geschichte des weltberühmten Weihnachtszuges sein würde. Nachdem sie die Galerie durchschritten hatten, bauten sie sich im Saal rechts des Throns auf und blickten den Zeremonienmeister an – Rudolf, Blitz, Donner, Cupidon, Schneller, Komet, Springer, Tänzer und Tornado.

Im Licht des Saales glänzte Rudolfs Fell golden, während die Veteranen ein silbrig-ergrautes Fell hatten.

Der Zeremonienmeister schaute noch einmal in die Runde des Saales, auf die Zwerge, den Thron und die Hirsche. Er erhob seine Hand und wieder ertönte das schon bekannte Klopfen, dem nun ein vielstimmiges Geklingel folgte, das immer näher kam. Es waren wohl die Glöckchen des Weihnachtsschlittens.

Vom anderen Ende der Ahnengalerie näherte sich eine weitere vielfarbige Zwergenprozession und hinter ihnen, herrschaftlich im roten Gewand, der Heilige Nikolaus höchstpersönlich. Er verneigte sich leicht in Richtung der Versammelten und nahm seinen Platz auf dem Thron ein. Die Anwesenden flüsterten aufgeregt und es hörte sich an wie Vogelgezwitscher, bis der Zeremonienmeister mit seiner Autorität und einem Handzeichen die Stille wiederherstellte.

Rudolf trat nun aus der Reihe der Hirsche vor den Heiligen Nikolaus und verkündete:

„Die Hirsche sind hierhergekommen, um ihr Leben in den Dienst des Weihnachtsfestes zu stellen. Es sind die besten Hirsche aus der ganzen Welt und sie sind bereit, die Plätze jener einzunehmen, die ihre Pflicht ehrenvoll erfüllt haben."

Der Heilige Nikolaus lächelte und schaute Rudolf zärtlich an.

„Wie groß unser Ru doch geworden ist!", rief er und wandte sich erst an die Hirsche und dann an alle anderen. „Das ist nicht mehr das Hirschkalb, das uns manches Mal mit seiner unbeholfenen Direktheit amüsiert hat." Er sagte das auch in Richtung des Zeremonienmeisters, der sich manches Mal über den ungestümen jungen Hirsch beschwert hatte, weil dieser seine Aufsichtstätigkeit unterminiert hatte. „Jetzt steht vor uns ein echter König, ganz wie sein Vater."

„Sein Vater?“ Diese Worte hörte man überall im Saal, als wäre es ein Echo.

„Ja, wir lüften hiermit das Geheimnis seiner Herkunft und geben bekannt, dass Rudolf der Nachfahre des großen Königs und der neue König der Hirsche ist – das Leittier des Weihnachtszuges!“

Es wurde wieder still. Gefolgt von einem dreifachen Klopfen an der südlichen Tür des Saales.

„Lasst die Ankömmlinge herein“, befahl der Heilige Nikolaus.

Wieder mussten die zwölf Zwerge an den Zeremonienmeister herantreten, der ihnen diesmal einen goldenen Schlüssel aushändigte.

Die Tür wurde geöffnet und ein kalter Windstoß mit einer Prise Schnee stob in den Saal, gemeinsam mit acht herrlichen Hirschen, auf deren Fell Schnee glitzerte. Die Zwerge schlossen geschäftig die Tür und brachten Handtücher, um die Tiere vom Schnee zu befreien. Und nach einem kurzen Augenblick herrschte wieder erwartungsvolle Stille.

Rudolf trat an die anderen Hirsche heran und sagte laut und vernehmlich: „Ich grüße euch.“

Die Begrüßten äußerten sich auf ihre eigene, wortlose Art zustimmend.

Rudolf wandte sich in Richtung der Veteranen. Er stellte sich links von ihnen auf und rief feierlich: „Maral aus Sibirien!“

Der riesige braune Hirsch trat aus der Reihe der Neuen und stellte sich Blitz gegenüber.

„Nordisches Rentier!“

Aus der Reihe trat ein Hirsch mit zerzaustem Fell, einer weißen Mähne und abgerundeten Geweihenden und stellte sich Donner gegenüber.

„Imperator-Hirsch aus China!“

Der schöne Hirsch mit den gebogenen spitzen Geweihenden stellte sich Cupidon gegenüber auf.

„Weißmaulhirsch aus den Bergen Tibets!"

Der Hirsch folgte dem Beispiel der anderen und nahm seinen Platz gegenüber Schneller ein.

„Barasingha aus dem Tal des Ganges!"

Der schöne Zwölfender trat Komet gegenüber.

„Weißwedelhirsch aus Nordamerika!"

Der langbeinige und wohlgeformte Hirsch stellte sich vor Springer auf.

„Sumpfhirsch aus Südamerika!"

Der schwarzbeinige Hirsch nahm seinen Platz gegenüber Tänzer ein.

„Japanischer Fleckenhirsch!"

Der letzte Hirsch stellte sich Tornado gegenüber auf.

„Hier sind sie alle – würdig, um ihre Plätze im Weihnachtszug einzunehmen", wandte sich

Rudolf an den Heiligen Nikolaus, nachdem er alle Neulinge vorgestellt hatte.

„Ja, es sind wunderbare Hirsche“, stimmte dieser der Auswahl zu. Er erhob sich vom Thron und begab sich zu den zwei Reihen der Hirsche, die sich gegenüberstanden. „Der Brauch will es, dass ihr dieselben Namen erhaltet wie eure Vorgänger, die ersten Zugtiere des Weihnachtszuges, damit ihres Vorbildes gedacht und die Tradition genauso weitergeführt wird.“

Der Heilige Nikolaus stellte sich so zwischen die Reihen, dass die Veteranen rechts von ihm und die Neulinge links von ihm standen. Er hob seine Hände erst zum Himmel und legte sie dann auf die Köpfe der Hirsche: „Ich gebe dir den Namen Blitz und die Gabe zu sprechen!“

Dreimal berührte er den Kopf des Veteranen und dreimal den Kopf des neuen Hirsches, als übertrage er etwas von einem auf den anderen.

Danach wiederholte er das Ritual mit Donner und allen anderen bis hin zu Tornado und dem gefleckten Hirsch. Wieder hob er seine Hände und sagte abschließend: „So sei es!“

„So sei es!“, wiederholten die Veteranen.

Der Heilige Nikolaus gab nun den neuen Hirschen ein Zeichen und diese wiederholten, zunächst ungläubig und erstaunt ob ihrer neuen Fähigkeit: „So sei es!“

Da erhob sich ein freudiges Gelächter unter den Zwergen. Sie klatschten in die Hände und wiederholten: „So sei es! So sei es!“

Der Heilige Nikolaus erhob seine Hände zum Himmel und rief: „Ruhm und Ehre dir, der du uns die Gabe gegeben hast!“

„Ruhm und Ehre!“, schallte es von überall.

Er setzte sich wieder auf seinen Thron und wandte sich an die Neulinge mit folgender Begrüßung: „Seid willkommen in unserer Familie! Tragt mit Würde euren Dienst und haltet unsere Grundsätze in Ehren: kein Sieg ohne Ehre, keine Stärke ohne Gnade, keine Güte ohne Liebe!"

Dann wandte er sich an die Veteranen: „Ich erinnere mich gut, wie ihr einst den Dienst von euren Vorgängern übernahmt und mit ehrenvollem Verhalten das euch erwiesene Vertrauen bis zum heutigen Tag gerechtfertigt habt. Heute endet euer Dienst, aber die Mission ist noch nicht beendet – den Menschen Liebe, Freude und Frieden zu bringen, bis nicht die Ewigkeit eure begrenzte Zeit auf Erden ablöst."

Eine Pause trat ein und der Zeremonienmeister klopfte erneut mit seinem Zeremonienstab. Auf dieses Zeichen verschwanden alle Zwerge bis auf die zwölf, die an der Zeremonie beteiligt gewesen waren, wie von Zauberhand hinter den vielen kleinen Türen in den Gängen des Palastes.

Der Heilige Nikolaus schlug vor: „Rudolf, du gehst jetzt mit den Neulingen in unsere Ahnengalerie und zeigst ihnen die Darstellungen ihrer Vorgänger. Ich habe noch viel zu tun, weil bis zum Weihnachtsfest nur noch wenig Zeit verbleibt.“

Mit einem letzten zärtlichen Blick auf alle verließ er den Saal.

Kapitel 6

Die Entwendung der Zauberlupe

Im Palast herrschte Halbdunkel und Stille und nur die auf den Reliefs dargestellten Figuren schienen unter dem wechselhaften Nordlicht, das durch die gläserne Dachkonstruktion hindurchleuchtete, wie beseelt. Durch den Gang lief Rudolf, der am Ende dieses ereignisreichen Tages noch über die verschiedenen Momente nachdachte und nicht zur Ruhe kam.

Plötzlich hörte er ein Geräusch und sah sich um. Vorne rechts war die große Eichentür, die in die Ruheräume des Heiligen Nikolaus führte. Er war als junger Hirsch oft dort gewesen, um mit dem Nikolaus über dieses und jenes zu reden.

Rudolf klopfte leise an die Tür, aber niemand antwortete. Er horchte in die Stille hinein. Da er nichts hörte, setzte er seinen Gang durch den Korridor langsam fort. Aber schon nach einigen Schritten vernahm er das Quietschen einer Tür. Er wandte sich um und sah die Silhouette eines Zwergs, der sich in die andere Richtung entfernte, die Tür zum Nikolaus aber nicht geschlossen hatte.

Rudolf schaute in das Zimmer. Es wurde von den noch rot glimmenden Kaminscheiten schwach beleuchtet. Er sah im Halbdunkel Bücher auf dem Boden liegen und Schubläden des Schreibtischs, die herausgezogen waren, als hätte dort jemand etwas gesucht.

Also musste jemand dort etwas gestohlen haben. Mit diesem Gedanken machte er sich daran, den Dieb zu verfolgen.

An der nächsten Biegung des Ganges, der zum Ehrensaal führte, in dem heute die feierliche Namensgebung stattgefunden hatte, sah Rudolf einen Schatten, der schnell in der Dunkelheit verschwand. Er setzte also seine Verfolgung fort und war bereits im Saal. Der Schatten war hinter einer Tür verschwunden, wo Geschirr aufbewahrt wurde.

Rudolf folgte weiter an der Wand mit den Regalen entlang und sah den Zwerg erneut, der gerade dabei war, ins nächste Zimmer zu entwischen. Dieser quadratische Raum war leer und hatte keine zweite Tür.

Wohin konnte der Zwerg entkommen sein? Er konnte doch nicht durch Wände gehen!

Rudolf betrachtete die Wände aufmerksam und bemerkte, dass ein Ziegel am unteren Ende der Wand dicht über dem Fußboden locker war. Er klopfte mit seinem Huf dagegen, aber nichts geschah. Da drückte er kräftig gegen den Stein und die Wand setzte sich mit der Zimmerdecke tatsächlich in Bewegung. Gleichzeitig schien sich der Fußboden zu öffnen und er rutschte nach unten. Irgendwie schien sich der Raum zu drehen: Was eben noch der Fußboden war, war jetzt die Decke des Raumes, in den er gerutscht war. Nur dass es gar kein Raum, sondern einer der Tunnel war, die sich unter dem Palast befanden. Wohin sollte er sich wenden?

Er hielt kurz seinen Atem an und fühlte einen leichten Luftzug, der ihm verriet, dass dort der Ausgang sein musste. Sonst hörte er nichts. Nur das leichte Pfeifen des Windzuges im leeren Tunnel.

Rudolf folgte also dem Tunnel bis zum Ausgang. Die Tunnel wurden meist so angelegt, dass sie Übergänge zu parallelen Tunneln hatten, damit bei einem Einsturz oder einer Überflutung immer noch ein Rettungsweg zur Verfügung stand.

Aber dieser Tunnel hatte aus irgendeinem Grund nur einen einzigen Ausgang. Nachdem Rudolf noch um einige Ecken gebogen war, wurde die Luft frischer. Er sah einen Lichtstrahl und hörte das Rauschen eines Flusses.

Als er den Gang hinter sich gelassen hatte, stand er auf einem Felsen, zu dessen Füßen ein tosender Bergfluss schäumte. Das tosende Wasser erfüllte die ganze Umgebung mit Lärm.

Im Rückblick auf den Tunneleingang sah dieser jetzt wie eine Wolfshöhle aus, die die Zwerge zu einem Gang erweitert haben könnten, um einen Zugang zum Palast zu schaffen.

Den Felsen herunter führte ein schmaler Pfad, dem Rudolf vorsichtig folgte, um nicht auszurutschen. Am Flussufer lagen Steine und Felsabbrüche. Nach kurzer Zeit machte der Weg eine Biegung weg vom Fluss, gleichzeitig war der Fluss hier auf einmal gebändigt und floss viel ruhiger.

Rudolf konnte nun vor sich eine Stimme hören. Vorsichtig bewegte er sich näher heran und sah etwa zehn Wölfe vor sich, die mit jemandem etwas zu bereden schienen. Da trat er plötzlich auf eine trockene Wurzel, die unter seinem Gewicht zerbrach, so dass das laute Geräusch seine Anwesenheit verriet. Unter den Wölfen entdeckte er den Zwerg, den er verfolgt hatte, und erkannte einen der besten Schüler von Aristos. Der Zwerg hatte ihn ebenfalls gesehen. Auf seinem Gesicht waren Hass und Enttäuschung zu erkennen. Er wusste, dass man ihn entdeckt hatte, hob seine rechte Hand und rief den Wölfen zu: „Tötet ihn!“

Sofort formierten sich die Wölfe zum Kampf. Jüngere Wölfe waren in vorderster Front, hinter ihnen erfahrene Rüden und ganz hinten auf einer kleinen Anhöhe ihr Anführer – ein riesiger schwarzer Wolf, der eher einem Bären oder einem übergroßen Vielfraß ähnelte, angriffslustig mit gefletschten Zähnen und tropfendem Speichel.

„Schnappt ihn euch!“, knurrte er die Wölfe an und diese sprangen, ohne zu zögern, in Rudolfs Richtung.

Rudolf war aber auch nicht auf den Kopf gefallen. Er nahm Anlauf und setzte mit einem gewaltigen Sprung über das Rudel. Einige versuchten, von unten nach ihm zu schnappen, aber natürlich verfehlten sie den König der Hirsche! Man hörte nur, wie ihre Kiefer und Zähne aufeinanderbissen.

Der Zwerg wollte es kaum glauben, als er Rudolfs Hufe auf sich zufliegen sah. Seine Beine schlotterten, als er sich zum Fluss und zur Flucht wandte.

Der Anführer des Wolfsrudels war es dagegen nicht gewohnt nachzugeben und stemmte sich springend dem Angreifer entgegen. So trafen sie in der Luft aufeinander – der König der Hirsche und der König der Wölfe. Trotz des dicken zerzausten Fells der Bestie spießten sich die scharfen Geweihenden mit Wucht in ihr Fleisch. Das Blut spritzte auf die Wölfe ihres Rudels, die erschreckt zu heulen und laut zu winseln begannen. Der Hirsch stand jetzt auf der Anhöhe, die eben noch der Anführer der Wölfe besetzt hatte. Dieser war aufgespießt auf Rudolfs Geweih und blutete schrecklich, lebte aber noch.

Rudolfs Siegesruf war so laut, dass er den ganzen Wald erfüllte und seine Gegner erstarren ließ. Als er den Wolf abschüttelte, rollte dieser kaum noch atmend den anderen Wölfen vor die Füße. Rudolf sah sich um, um den Zwerg zu finden, aber sah keine Spur von ihm. Zwischen ihm und dem Fluss war das Wolfsrudel, das zwar eben seinen Anführer verloren hatte, aber immer noch gefährlich blieb.

Im Wald erhob sich ein großes zorniges Heulen. Andere Wölfe hatten den Ruf des Rudelführers vernommen und zeigten ihre Bereitschaft zu Beistand und Rache. Damit das Rudel gar nicht erst zur Besinnung kam, attackierte Rudolf es immer und immer wieder mit seinen Hufen, verlor dabei aber den Zwerg endgültig aus dem Blick. Langsam wurde er müde von seinem Kampf und der Verstand sagte ihm, dass für ihn nun die Zeit gekommen war zu fliehen, statt einen letztlich aussichtslosen, wenngleich ehrenhaften Kampf fortzusetzen. Allerdings wehrte sich sein Stolz gegen die Argumente des Verstandes. Zuletzt siegte aber die Vernunft. Niemand außer ihm kannte den Zwerg, der zum Verräter geworden war. Es war seine Aufgabe, ihn zu entlarven.

Mit gigantischen Sätzen sprang der Hirsch in Richtung des Flussufers. Die Wölfe verfolgten ihn. Hier am Fluss sah er den Zwerg, wie dieser auf einem Boot zu entkommen versuchte. Im Angesicht des Hirsches verzehnfachten sich seine Kräfte und er ruderte, was das Zeug hielt. Das Wasser spritzte nur so. An dieser Stelle war der Fluss breit, aber nicht tief.

Rudolf machte noch einen Satz, aber das Boot war jetzt in einer kräftigen Strömung angelangt, die es mitriss. Da ihm die Wölfe noch immer auf den Fersen waren, schwamm Rudolf über den Fluss und lief in den Wald am anderen Ufer. Dort konnte er endlich seine Verfolger abschütteln, die auf jene Lichtung zurückkehrten, auf der sich der Kampf zwischen ihrem Anführer und dem König der Hirsche zugetragen hatte. Der schwarze Wolf war ein wenig zu sich gekommen. Die jungen Wölfe leckten ängstlich seine Wunden.

Kapitel 7

Der Wald des Entsetzens

Nach dem tragischen Tod des Königs der Hirsche und seiner Hirschkuh im Dickicht des Waldes nannte man den königlichen Wald in dieser Gegend den Wald des Schreckens. Genau in diesen Wald hatten die Wölfe den getrieben, der es gewagt hatte, ihren Anführer anzugreifen. Diese Falle war über Monate vorbereitet worden und ausgewählte nördliche Wolfsrudel hatten sich kampfeshungrig in diesem Wald versammelt. Ihr Anführer Dodenshaven hatte sich von den schrecklichen Wunden, die Rudolf ihm zugefügt hatte, noch nicht erholt und lag auf Hasenfelle gebettet, um zu genesen. Die anderen Wölfe versorgten ihn mit Hasen, so dass der Bezirk schon fast leer gejagt war. Er lag mit einem großen, golden glänzenden Hirschfell bedeckt da, stolz auf die Trophäe.

„Also?“, wandte er sich an die erfahrenen Wolfsrüden. „Wir sind fast am Ziel und wenn wir es erreicht haben, dann werden wir den Mut der Hirsche endgültig gebrochen haben und wir werden sie widerstandslos unterwerfen können. Sie werden uns selbst ihren besten Nachwuchs zum Fraß vorwerfen, so dass die stolze Hirschrasse ausstirbt und alle anderen Waldbewohner uns als unumstrittene Herrscher anerkennen. Wir brauchen nicht mal mehr kräftezehrend zu jagen, um unseren Hunger zu stillen. Wir ändern die Naturgesetze und geben der Welt eine neue Ordnung. Dem Raubtier bieten die anderen Tiere ihre Nachkommen selbst als Opfer dar, um nur ihr eigenes Leben zu retten. Der Geist der Freiheit stirbt, auch wenn der eine oder andere ihn jetzt noch retten will.“

Die Wölfe jaulten vor Freude auf, als sie dies hörten.

„Jetzt setze ich eine Prämie für den aus, der mir den König der Hirsche tot oder lebendig – lieber lebendig – hierherbringt. Er wird Herrscher über alle Wälder des Nordens sein.“

Die Wölfe bellten gierig und schnappten mit ihren Kiefern. Nachdem ihr Anführer durch sein Geheul das Signal gegeben hatte, suchten die Wölfe im Rudel jeden Fußbreit des Waldes ab...

Rudolf war immer tiefer ins sumpfige Dickicht geraten. Die letzten Monate, in denen er vor den Wölfen hatte fliehen müssen, hatten seine Kräfte geraubt, denn er hatte kaum

Zeit zu fressen oder sich auszuruhen. Die Wölfe konnten sich bei der Suche abwechseln und auch die fauligen Ausdünstungen des Sumpfes waren nicht gerade geeignet, seine Kraft zu regenerieren. Der Sumpf hatte keine Bewohner. Nicht mal Vögel lebten hier und die anderen Tiere hatten diesen Platz aus Angst verlassen. Die Stille wurde nur vom Wolfsgeheul und selten vom Lärm der Züge unterbrochen, die am Rande des Waldes und am Fuß der nahen Berge vorbeifuhren.

Wenn er dorthin entkommen könnte, gäbe es vielleicht einen Weg durch die Berge zu anderen Hirschen seiner Art.

Er hörte ein leises Geräusch und spannte all seine Muskeln an, weil er wusste, dass ihn die Wölfe jederzeit einkreisen und stellen konnten. Einsamkeit und Angst waren seine ständigen Begleiter geworden. „Sei es, wie es sei“, dachte er und lief in Richtung des Geräusches.

Vor ihm saß ein erschrockener Hase, der versuchte, sich zwischen den Wurzeln einer Eiche zu verstecken, und betete, dass man ihn nicht töten möge. Dabei verdeckte er seine Augen mit seinen Hasenpfoten.

„Hab keine Angst“, beruhigte ihn Rudolf.

Der Hase schielte mit einem Auge auf die feuchte rote Hirschnase vor ihm und musste plötzlich lachen, so überrascht und erleichtert war er.

„Eine rote Nase!“, rief er in seiner Hasensprache. „Seht nur, eine rote Nase!“

Rudolf war selbst erleichtert, zur Abwechslung ein Wesen zu sehen, das nicht feindselig war, und verzieh der Häsin ihre Taktlosigkeit.

„Ich habe zwar gehört, dass es einen Hirsch mit einer roten Nase gibt, hätte aber nie gedacht, dass ich den zu Gesicht bekomme“, war das Häschen immer noch am Lachen. „Du bist also derjenige, hinter dem die Wölfe her sind“, fragte es jetzt ernsthaft. „Auf dich ist eine hohe Prämie ausgesetzt. Mich würden sie wohl in Ruhe lassen, wenn ich sie auf deine Fährte brächte?“

„Sicher“, antwortete Rudolf. „Ich bin schon so lange auf der Flucht und ich würde nicht wollen, dass andere wegen mir in Gefahr sind.“

„Wo denkst du hin?“, unterbrach ihn das Häschen. „Zwar habe ich Angst vor Wölfen. Nicht umsonst nennt man uns Hasen Feiglinge. Schließlich haben wir weder Hörner noch Hufe, um uns zu wehren. Wir können uns nur verstecken. Aber nie würde ich einen Freund verraten, selbst wenn damit alle Hasen des Waldes gerettet wären.“

„Ich habe unter den Waldbewohnern noch nie jemanden getroffen, der so mutig war“, sagte Rudolf erstaunt. „Zwar hat mich noch keiner verraten, aber sie boten mir auch keine

Deckung an. Du bist erstaunlich. Ich bin so erschöpft von meiner Flucht, dass ich bereit bin zu sterben, und immerhin könnte dir das zum Vorteil gereichen."

„Für nichts in der Welt! Diese schwarze Bestie, ihr Anführer, machte uns den Vorschlag, wir müssten ihm und den Seinen täglich selbst je zwanzig Hasen zum Mittagessen bringen, sonst würde er unsere Art ausrotten. In diesem Wald leben heute mehr Wölfe, als Bäume darin stehen."

„Habt ihr euch auf den Deal eingelassen?", fragte Rudolf.

„Einige haben erschrocken die eigenen Jungen geopfert. Andere haben versucht zu fliehen, aber die meisten wurden von den Wölfen erwischt und aufgefressen. Man sagt, der Anführer liege auf einem Berg aus Hasenfellen, und inzwischen fürchten wir unsere eigenen Artgenossen fast genauso wie die Wölfe. Ich habe meine Familie bei den Bahngleisen versteckt, weil sowohl die Wölfe als auch die Hasen den Lärm der vorbeifahrenden Züge fürchten. Ich schleiche mich in den Wald, um Nahrung zu suchen. Wenn du willst, kann ich dich zu den Gleisen führen."

„Nein danke! Erzähl mir lieber, wie ich unbeobachtet dorthin komme. Du aber geh allein. Wenn die Wölfe uns zusammen erwischen, wäre es auch um dich geschehen."

„Das ist gar nicht so schwer. Siehst du diese Anhöhe? Dort lebte einmal der König der Hirsche. Das weiße Band dort ist der Wasserfall, an dem sich sein Haus befand. Zu jener Zeit lebten die Tiere des Waldes noch ohne Gefahr in diesem Gebiet und die Wölfe fürchteten sogar, ihre Nase hier hineinzustecken." Der Hase schien sich an jene unbesorgte Zeit gern zu erinnern, dann aber riss er sich zusammen und setzte fort: „Der Wasserfall wird dir zur Orientierung dienen. Dort vorne findest du einen Pfad, der sich durch den Wald windet und zu dem Ort führt, an dem die Wölfe und wohl auch ein Schamane den Tod des Königs der Hirsche und dessen Frau herbeiführten. Vom Wasserfall aus gibt es zwei Wege. Einer führt durch den Wald in die Berge. Der ist kurz, aber gefährlich. Der andere Weg führt zur Eisenbahn. Das ist der Weg, den ich nehme, weil die Wölfe den Lärm der Eisenbahn fürchten. An den Gleisen entlang kommst du kurz über lang auch in die Berge. Allerdings liegt zwischen dem Wald und der Eisenbahn ein ziemlich breites Feld, das von den Wölfen kontrolliert wird. Deshalb solltest du am besten vorher wissen, wann ein Zug dort entlangfährt."

„Wie soll ich das anstellen?", fragte Rudolf.

„Am besten ist es, auf den Abend zu warten. Dann sieht man bereits aus der Ferne die

Lichter des heranfahrenden Zuges. Du zählst dann bis fünfzig und rennst um dein Leben."

„Danke dir, mein Freund!" Der Hirsch neigte sich zum Hasen und leckte ihm dankbar über die Nase. Der fragte unerwartet:

„Darf ich deine Nase anfassen?"

„Wozu?"

„Ich habe gehört, das würde Glück bringen."

Rudolf lachte. „Na dann, klar darfst du."

Der Hase umfasste seine Nase mit beiden Pfoten. Dann sagte er: „Es wird Zeit. Es wird langsam dunkel." Und er verschwand im Gebüsch.

Rudolf betete in Gedanken zum Heiligen Nikolaus: „Segne diesen Furchtlosen und gib ihm und seiner Familie ein langes Leben!" Dann bewegte er sich langsam und vorsichtig in die ihm gewiesene Richtung.

Kapitel 8

Schwere Erinnerungen

Rudolf folgte dem Pfad der kaum erkennbaren Hasenfährte. Vor ihm, zwischen den seltenen Bäumen, lag eine Art Insel in der Sumpflandschaft. Dieser Platz kam ihm bekannt vor. Hier war er schon mal vor langer Zeit gewesen. Das war die Nacht gewesen, in der er zum letzten Mal seine Eltern gesehen hatte ...

Er war glücklich damals gewesen, so jung und unbeschwert, wie er vielleicht nie wieder sein würde. Als er schon am Einschlummern gewesen war, hatte er plötzlich die laute

Stimme seines Vaters gehört, der erklärt hatte: „Nein, du wirst nirgendwo mit mir hingehen!“

Der junge Rudolf war von seinem Schlaflager aufgestanden und hatte seine Eltern an der Tür des Hirschhauses über etwas streiten hören, das er nicht verstanden hatte. Er erinnerte sich, wie traurig er gewesen war, denn früher hatte er solche Streitigkeiten gar nicht erkannt.

„Ich bitte dich, nirgendwohin zu gehen“, hatte die Mutter gesagt, „oder nur mit der ganzen Hirschherde.“

„Du verstehst nicht“, hatte der Vater geantwortet. „Es geht um etwas Wichtiges, das die Welt der Hirsche und der Menschen bedroht. Ich muss wissen, was der Schamane und seine Bande sich ausgedacht haben. Wenn ich nicht allein bin, dann werden sie wohl kaum etwas über ihre Absichten erzählen. Bleib mit unserem Sohn zu Hause und ich komme zurück. Hab keine Angst. Sie werden mich schon nicht in die Hände kriegen."

Er hatte ihr zum Abschied seine Nase gegen den Hals gedrückt und dann das Haus verlassen. Kurz darauf hatte sie Rudolf gesucht und er hatte sich schnell schlafend gestellt, um zu verbergen, dass er gelauscht hatte.

Die Mutter hatte zu ihm, dem scheinbar Schlafenden, gesprochen: „Wenn du groß bist, wirst du alles verstehen. Ich kann deinen Vater nicht allein lassen. Falls du uns nicht wiedersiehst, werden sich unsere Freunde die Elfen um dich kümmern, du wirst groß und stark sein und uns rächen."

Rudolf hatte weinen wollen. Er hatte auf keinen Fall allein bleiben wollen und war deshalb der Mutter hinterhergerannt. Um nicht von ihr bemerkt zu werden, hatte er sich zurückfallen lassen und eine größere Entfernung eingehalten. Dieser Wald war ihm gut bekannt gewesen und er hatte hier jeden Pfad gekannt.

Sie waren den Berg bis zu den Sümpfen des Waldes hinuntergelaufen und immer weiter ins tiefste Dickicht hineingegangen.

Plötzlich hatte er gespürt, wie jemand so stark auf seinen Hals drückte, dass er nicht mal einen Laut von sich hatte geben können ...

„Er kommt sowieso nicht. Dein ganzer Plan ist umsonst. Jemand kriegt uns hier zu fassen“, hatte eine grobe, tiefe Stimme gesagt.

„Und überhaupt wird dieser Feigling es nicht wagen, herzukommen“, hatte ein anderer geknurrt.

„Ihr kennt unseren Freund schlecht“, hatte eine weichere Stimme mit Überzeugungskraft gesagt. „Er kommt auf jeden Fall, um unsere Pläne in Erfahrung zu bringen, und dann schließt er sich uns entweder an ...“

„Das glaube ich kaum“, hatte die Stimme des Zweiten geknurrt.

„Ich habe nicht erwartet, dass du so naiv bist“, hatte der mit der weichen Stimme fortgesetzt. „Also entweder schließt er sich uns an oder er wird Opfer unseres Plans. Dann werden die Euren sein Fleisch bekommen und du …“, hatte er zu seinem knurrenden Begleiter gesagt.

In diesem Augenblick hatten sie das Knacken kleiner Zweige und das Rascheln von Laub gehört.

„Seht ihr, ich hab’s euch doch gesagt.“

Ein mächtiger edler Hirsch mit einem goldenen und leicht gefleckten Fell und spitzen, im Mondlicht glänzenden Geweihenden war aus dem Wald getreten. Ihm waren drei entgegengetreten: ein großer hagerer Mensch, der Inhaber der weichen Stimme, der zweite ein kleiner Dicker, der auch ein größerer

Zwerg hatte sein können, und als Dritter ein schwarzer, in der Nacht fast unsichtbarer Wolf, dessen Größe man nur dadurch hatte erahnen können, dass die roten Lichter seiner Augen ziemlich weit voneinander entfernt gewesen waren.

„Ach, Ihre Hoheit! Erlaubt uns, Sie zu begrüßen. Haben die Ehre!“, hatte der mit der weichen Stimme begonnen. „Ich hoffe, Sie haben sich an die Bedingungen unseres Treffens gehalten?“

Der Hirsch hatte erbost geschnaubt.

„Natürlich, natürlich. Niemand zweifelt an Ihrem Edelmut. Lassen Sie mich meine Begleiter vorstellen – sie sind von niederem Rang, so dass unsere Verhandlungen etwas asymmetrisch sein werden, hihi.“

Damit hatte er zuerst mit der rechten Hand auf den Wolf gezeigt und dann mit der linken Hand auf den zweiten Begleiter, der sich nicht hatte zu erkennen geben wollen und lieber in der Dunkelheit geblieben war.

„Der König der Wölfe, der Herrscher des Nordens, seine Hoheit Dodenshaven."

„Seit wann soll der der Herrscher des Nordens sein?", hatte der Hirsch geschnaubt.

„Das war so und es wird immer so sein", hatte der Wolf geknurrt.

„Na, ruhig, reg dich nicht auf", hatte der Schamane versucht, die Situation zu beruhigen. „Wir sind nicht hier, um uns zu streiten, sondern ganz im Gegenteil: Meine Absicht ist es eher – obwohl meine Freunde daran zweifeln –, Frieden zu stiften. Immerhin haben wir viel gemeinsam. Wir könnten unsere Differenzen außen vor lassen und uns auf ein gemeinsames Ziel konzentrieren, damit die alte Feindschaft begraben wird und eine friedliche Zeit anbricht."

„Frrrieden?", hatte der Wolf verächtlich geknurrt.

„Ja, mein blutrünstiger Freund“, hatte die weiche Stimme bekräftigt. „Feindschaft bringt uns keinen Vorteil. Ich bitte für eine Minute um Aufmerksamkeit. Ich möchte niemanden beleidigen, aber mir scheint, dass die freien und stolzen Hirsche sich zu Sklaven dieses alten Herrn haben machen lassen, der sich für den Hüter des Guten hält.“

„Wir sind keine Sklaven!“ Der König der Hirsche hatte ungeduldig und wütend mit seinem Huf gescharrt.

„Nun ja, vielleicht. Man kann das ja nennen, wie man will. Wir sind nicht dagegen, dass ihr das tut. Aber warum müsst ihr Feindschaft gegen uns hegen? Im Grunde könnten wir doch auch Teil eurer, sagen wir, Mission werden. Ich könnte den Kindern auch Geschenke bringen, sie könnten mir auch ihre Wünsche anvertrauen. Warum soll nur einer den ganzen Ruhm abbekommen? Ihr wisst schon, wen ich meine. Der schafft doch den ganzen Geschenkeberg gar nicht mehr allein – all diese Wünsche und Bitten. Wir könnten ihm einen Teil seiner Last abnehmen. Manche Kinder sind gar unzufrieden, wie ihre Wünsche erfüllt werden, und den Unzufriedenen sollte man doch wohl eine Lehre erteilen. Und selbst den Feiertag könnte man auf eine viel bequemere Zeit des Jahres legen. Warum dann, wenn es am kältesten ist? Also ich verstehe: Weihnachten und so. Aber nicht alle müssen doch an dieses Märchen glauben, es gibt schließlich noch andere Meinungen in der Gesellschaft. Wir könnten etwas Neutrales ausdenken – einfach einen Feiertag, an dem man sich beschenkt oder so was in der Art. Ich würde euren Heiligen Nikolaus mitunter ersetzen und ihr könntet weiter den Schlitten ziehen, so wie ihr das jetzt macht.“

Der Hirsch hatte jetzt sehr wütend geschnaubt.

„Ist das alles?“, hatte er gefragt und nach einer kurzen Pause hatte er hinzugefügt: „Was gibt es Gemeinsames zwischen Wahrheit und Lüge, Licht und Dunkelheit?“

„Heißt das Nein?“, hatte ihm der Wolf entgegengeknurrt. „Was haltet ihr von diesem Argument?“ Hinter den Bäumen waren plötzlich viele Wolfsschnauzen mit glühenden Augenpaaren erschienen.

Der König der Hirsche hatte sich auf den Kampf vorbereitet.

„Das kommt euch teuer zu stehen!“, hatte er gedroht.

„Nein, nein, ihr habt uns falsch verstanden“, hatte wieder die weiche Stimme ertönt. „Wir haben noch einen Vorschlag.“ Er hatte mit den Fingern geschnipst.

Aus den Sträuchern war ein Wolf hervorgetreten, der ein junges Hirschkalb nach vorne gezogen hatte, wobei er es mit seinem Maul am Hals festgehalten hatte.

Zorn war aus den Augen des Königs der Hirsche gesprüht: Er hatte seinen Sohn erkannt. Wie war es seinen Feinden gelungen, ihn zu fangen?

„Er ist selbst hergekommen“, hatte die Stimme mitgeteilt und damit die Frage beantwortet, die der Hirsch nicht gestellt hatte. „Wir dachten, es könnte ein Spion sein, und jetzt sehen wir, dass es euer edler Erbe ist. Lass ihn endlich los“, hatte er mit gespielter Entrüstung dem Wolf befohlen, dessen Zähne den vor Angst halbtoten Rudolf immer noch am Hals gehalten hatten. Der Wolf war dem ungern nachgekommen und hatte ihn in Richtung des Vaters geworfen.

Nun war auch noch die entrüstete Hirschkuh aus dem Wald gekommen und hatte sich zwischen die Wölfe und ihr Kind gestellt.

„Jetzt haben wir ja die ganze Familie“, hatte der Wolf zufrieden geknurrt.

„Also so was! So war das nicht gemeint“, hatte sich der Schamane eingemischt.

„Ich werde Ihnen meine guten Absichten beweisen.“

„Ihr lasst sie frei?“, hatte der König gefragt.

„Natürlich! Wenn Sie unsere einzige Bedingung erfüllen.“

„Davon kann nicht die Rede sein.“

„Also, das sollte in Ruhe bedacht sein. Wir wollen Sie ja nicht zwingen, uns zu dienen.“

„Was wollen Sie dann?“

„Nun, wie soll ich sagen? ... Sie bleiben hier und opfern sich.“

„Nein!“, hatte die Hirschkuh geschrien.

„In diesem Fall kann ich wohl diese ungeduldigen Herren nicht zurückhalten“, hatte der Schamane gesagt und war zur Seite gegangen.

„Lasst sie los und tut mit mir, was ihr wollt!“

„Natürlich, natürlich!“ Der Schamane hatte den Wölfen ein Zeichen gegeben und diese hatten für die Hirschkuh und ihr Kalb den Pfad in Richtung der Bergspitze freigegeben.

„Ich will bei dir bleiben!“ Sie hatte versucht, sich zu widersetzen.

„Nein, du musst nach Hause zurückkehren, um unseren Sohn großzuziehen. Geht!“, hatte der König der Hirsche befohlen.

Die Hirschkuh hatte ihm ein letztes Mal in die Augen geschaut und Rudolf in Richtung des Pfades gestupst.

Der Schamane hatte gewartet, bis sie hinter Zweigen und Blättern verschwunden gewesen waren, und einen Opferdolch aus seiner Tasche gezogen. Es war ein langer, gebogener Dolch gewesen, auf dessen Griff ein Wolfskopf mit gefletschten Zähnen abgebildet gewesen war. Mit aller Kraft hatte er den Dolch in den Hals des Königs der Hirsche gestoßen.

Blut hatte den Dolch gefärbt und den Eindruck erweckt, aus der Wolfsschnauze des Griffs zu fließen. Der Schamane hatte eine Beschwörung gemurmelt und das Hirschblut getrunken.

„Kommt Blut trinken!“, hatte er sich an die anderen gewandt.

Der Zwerg und der Anführer des Wolfsrudels waren seiner Aufforderung gefolgt.

Trotz des vom Schamanen gegebenen Versprechens, die Familie des Hirsches zu verschonen, hatten mehrere Wölfe die Hirschkuh und ihr Kalb verfolgt. Als die Verfolgten dies bemerkt hatten, hatten sie ihre Geschwindigkeit erhöht. Sie hatten die Wölfe aber nicht abschütteln können. Im Gegenteil: Es waren immer mehr geworden.

„Renn!“, hatte die Mutter schließlich gesagt. „Ich werde sie aufhalten.“

Sie hatte sich umgedreht, um sich der Überzahl ihrer Gegner zu stellen. Rudolf hatte noch gesehen, wie die Raubtiere seine Mutter angegriffen hatten. Gern wäre er ihr beigesprungen, jedoch hatte er direkt vor sich eine bedrohliche Wolfsschnauze gesehen. Instinktiv war er auf den Berg geflohen und es war ihm zumindest gelungen, sich selbst zu retten ...

Die traurigen Erinnerungen wurden vom Signal einer herannahenden Lokomotive unterbrochen. Der Hirsch war fast unbemerkt bis an den Rand des Waldes gelangt. Vor ihm lag ein breites Feld, an dessen Ende dunkler Rauch aus den Kesseln des Zuges sichtbar war. In der aufziehenden Dunkelheit schickte auch das Nordlicht farbige Streifen über den Himmel, die sich mit den Rauchschwaden mischten. Der Hinweis des Hasen hatte gelautet, bis fünfzig zu zählen, aber der Hirsch rechnete sich aus, dass er schneller sein würde, und zählte bis einhundert.

Er sah die gelben Lichter, die sich wie ein Augenpaar auf den gewundenen Gleisen näherten. Rudolf fing an zu zählen, hörte aber bereits bei zwanzig ein böses Knurren von hinten. Bei einem Blick in die Richtung sah er in rote Wolfsaugen und verstand, dass sich jetzt sein Schicksal entscheiden würde.

Siegesgewiss heulte einer der Wölfe: „Es hat sich ausgerannt!“

Rudolf verstand, dass es noch zu früh war, um zu den Gleisen zu laufen, und dass er seine Verfolger ablenken musste, indem er sich in die der Brücke entgegengesetzte Richtung wandte. Etwa zwanzig Wölfe standen kampfeslustig da und er warf sich ihnen entgegen. Als er sie fast erreicht hatte, drehte er sich um und befand sich nun hinter einer anderen Wolfsgruppe, die näher in Richtung der Gleise wartete. Er hatte bereits erwartet, dass weitere Wölfe im Schutz des Waldes gelauert hatten, um ihm den Weg abzuschneiden. Inzwischen war der Zug nah genug und Rudolf drehte sich erneut, um nun in Richtung der Brücke zu galoppieren.

Aber auch hier stellten sich ihm Wölfe mit gefletschten Zähnen in der Formation eines Halbmondes entgegen.

„Sei es drum“, dachte er bei sich. „Ich muss mich der Übermacht stellen. Der Heilige Nikolaus mag mich beschützen!“

Rudolf stieß einen lauten Kampfesruf aus. Wie das Echo eines Donnergrollens wurde dieser von den Bergen reflektiert. Die Wölfe antworteten mit bösem Geheul. Rudolf schraubte sich zum Angriff in die Luft, was seine Gegner nicht erwartet hatten. Drei Wölfe, die ihm den Weg versperrten, sollten als Erste seine dolchartigen Geweihspitzen spüren. Zwei von ihnen rollten mit aufgeschlitzten Bäuchen weg, der dritte hing leblos in seinem Geweih. Er schüttelte den Wolf in Richtung dessen Rudels ab und sprang über das Feld in Richtung der Brücke.

Er hatte erreicht, dass jetzt alle Wölfe hinter ihm her waren. Auch aus der Ferne des Waldes näherten sich weitere Angreifer. Rudolfs Plan war es, rechtzeitig die Brücke zu erreichen und dann darauf zu hoffen, dass der Zug die Wölfe an seiner Verfolgung hindern würde. Der Zug kam näher, aber die Raubtiere schienen seinen Plan durchschaut zu haben und blockierten auch den Weg zur Brücke. Mit einigen Sprüngen umrundete er sie, wobei er mit einem Geweihstoß einen weiteren Wolf unschädlich machte. Obwohl sie bemüht waren, in seine Hinterläufe zu beißen und sich dort festzuklammern, reagierten sie doch auf den Wirkungstreffer gegen ihren Rudelführer, der seinen Angriff mit einem gebrochenen Kiefer bezahlte. Das kühlte den Eifer der anderen Wölfe ab und sie blieben zurück.

„Feiglinge!“, knurrte der Leitwolf und sprang mit einem gigantischen Satz auf Rudolfs Rücken.

Zwar gelang es dem Hirsch, ihn abzuschütteln und wieder auf die Beine zu kommen, aber sofort attackierten ihn fünf bis sechs weitere Wölfe. Es war ein Kampf auf Leben und Tod. Dennoch bemühte er sich, bei jedem Manöver der Brücke näher zu kommen. Jetzt bemerkte auch der Lokführer im Licht der Frontscheinwerfer den Kampf des Hirsches gegen ein ganzes Wolfsrudel.

Erstaunt zog er den Griff für die Notbremsung und ließ ein lautes Signal ertönen. Die Wölfe zeigten sich kurz verwirrt, aber der Leitwolf trieb sie erneut an, den Hirsch zu töten, und der Kampf ging weiter.

Der Zug hatte bereits die Brücke erreicht, wobei er den Umkreis mit seinen hellen Lichtern erleuchtete. Der Maschinist konnte sehen, wie der Hirsch noch im Sprung sein Geweih den Gegnern, die sich auf ihn stürzten, entgegenstellte. Mit Bedauern ließ er ein weiteres Mal das Signal erschallen, sah den Hirsch aber nicht mehr ...

Kapitel 9

Ari

Im Haus gegenüber der Mädchengrundschule in der Gustave-Zédé-Straße wohnte die Professorin der Pariser Universität Frau Claudine Rouge.

„Julien, willst du mich heute Abend begleiten? Ich gehe zu einem Treffen mit sehr interessanten Leuten."

„Nein, Mama, ich möchte lieber meine Zeit mit meinen Freunden verbringen, solange sie noch hier sind."

„Schade, da verpasst du einiges", erwiderte sie etwas beleidigt.

Im Flur läutete das Telefon.

„Hallo, guten Abend, Julien am Apparat."

„Julien, das ist für mich."

„Ja natürlich, dein geliebter Henri." Während er seiner Mutter den Hörer gab, verzog er sein Gesicht zur Grimasse.

„Guten Abend, Henri", sagte Madame Rouge. „Ja natürlich komme ich auch. Das wird angenehm. In einer halben Stunde dann, Henri, einverstanden." Sie hatte den Namen ausgesprochen, als hätte sie ein auf der Zunge geschmolzenes Stück Schokolade geschluckt.

An den Sohn gewandt sagte sie: „Seine Klugheit und sein Charakter stünden dir gut zu Gesicht."

„Nein danke, lieber nicht!", erwiderte Julien ironisch. „Die ganze Universität kennt ihn als Kriecher und Speichellecker."

„Julien, ich verbiete dir ..."

„Wieso? Das ist die Wahrheit. Er geht zu keinem Studentenabend, immer ist er zu beschäftigt. Ich würde gern wissen, was für ein Monster sich hinter seiner aalglatten Fassade verbirgt. Würde mich nicht wundern, wenn er ein abnormer Psychopath wäre."

„Julien, das übersteigt alle Grenzen des Anstands. Gott, und so was ist mein Sohn! Was könntest du mit meinen Beziehungen Karriere machen als Jurist oder Politiker!"

„Nein danke! Mich mit Leuten wie Henri oder Ari oder wie er sich nennt unterhalten? Weißt du, was die Leute auf der Straße über ihn denken? Sie erwähnen ihn, um ihre Kinder zu erschrecken, wenn die nicht brav sind." Er lachte laut los, wie es einfache fröhliche Menschen tun. „Zum Glück muss ich den Weihnachtsabend nicht mit deinen langweiligen Freunden verbringen wie in meiner ganzen Kindheit. Gott sei Dank bin ich jetzt erwachsen und kann selbst wählen, wen ich wo treffe."

„Du bist ganz dein Vater“, warf ihm seine Mutter vor.

„Und was soll daran schlecht sein? Zumindest habe ich nie von jemandem gehört, er sei ein Langweiler gewesen wie die Mitglieder deines komischen Klubs. Heckt ihr dort Verschwörungen aus?“ Wieder lachte Julien laut los.

Madame Rouge schnaubte nur verächtlich und sagte: „Schluss jetzt. Gib mir meinen Mantel.“

Julien schien unbeeindruckt und half seiner Mutter geübt und galant wie ein Kammerdiener in den Mantel und küsste sie.

„Ich liebe dich trotzdem.“

„Schon gut.“ Sie küsste ihn und fragte: „Übernachtest du bei Freunden oder zu Hause?“

„Weiß nicht.“

„Dann vergiss nicht, mich anzurufen und mir mitzuteilen, wo du bist.“

„Ich bin doch nicht mehr klein, Mama.“

Sie küsste ihn erneut und ging los. Henri erwartete sie schon am Hauseingang.

Julien nahm den Hörer auf und rief einen seiner Freunde an.

„Also bleibt es bei unserer Abmachung? Dann erwarte ich euch."

Er ging in sein Zimmer und nahm dort eine Tasche mit Requisiten für die Abendvorstellung aus dem Schrank.

Das Restaurant auf dem La-Muette-Platz gehörte zu den liebsten Treffpunkten für abendliche philosophische Gespräche der Bewohner des Bezirks. Gegen sieben Uhr abends war es hier gerammelt voll. Heute sollte der Arianer-Klub der Gesellschaft seine Standpunkte vortragen. Zu welchem Thema? Natürlich konnte zu dieser Jahreszeit nur das Weihnachtsfest das Hauptthema sein.

Als Erster ergriff der Vorsitzende des Klubs, Monsieur Ari, das Wort: „Ich muss mich heute bei den verehrten Versammelten entschuldigen, weil unaufschiebbare Dinge meine Anwesenheit verlangen und ich Sie verlassen muss. Allerdings wollte ich nicht unhöflich sein und einfach nicht kommen, ohne mich persönlich bei jedem von Ihnen zu entschuldigen."

Er blickte auf jeden der um Tische versammelten Anwesenden, um zu sehen, ob seine Entschuldigung angenommen wurde, allerdings wurde vernehmbar Enttäuschung laut. Nach einer kurzen Pause fuhr er fort: „Nichtsdestotrotz kann die heutige Debatte stattfinden, wenn unsere Opponenten einverstanden sind, dass ich durch Henri de Mortimon vertreten werde – den Lieblingsschüler der Professorin Rouge und die Hoffnung unseres Klubs." Erneut ließ er seinen Blick schweifen. „Ich möchte nur sagen, dass ich ihm vollstes Vertrauen entgegenbringe, dass er unsere Argumentation vorstellen kann.“ Hiermit gab er Henri die Hand. Dieser errötete schüchtern, verbeugte sich wie ein Schauspieler in alle Richtungen, wobei er nicht umhinkonnte, erfreut zu lächeln.

Der Kellner händigte Monsieur Ari Hut und Mantel aus und dieser verabschiedete sich laut von den Anwesenden und verließ den Saal.

Er war sehr zufrieden mit sich, denn seine Pläne schienen aufzugehen. Durch die Vermittlung von Madame Rouge strebten immer mehr bekannte Leute in den Klub. Als er über den Platz blickte, erschrak er.

„Was ist denn das?“, rief er aus.

Am anderen Ende des Platzes neben dem Warenhaus, das die modebegeisterten Damen anzog, wo die Passy-Straße in die Paul-Doumer-Avenue überging, stand der Heilige Nikolaus mit seinem Stab im roten Mantel. Daneben konnte Monsieur

Ari einen Fotografen erkennen und weitere Personen in eigenartiger Kostümierung.

„Ah!“ Er zog den Laut in die Länge. „Clowns, Narren, seid verflucht!“, ließ er seine Wut halblaut heraus und spuckte in ihre Richtung aus, bevor er sich auf den Heimweg machte.

Einen Moment war er unschlüssig, ob er den schnelleren Weg entlang des Beauséjour-Boulevards wählen oder ob er durch den Ranelagh-Park spazieren sollte. Um diese Zeit würde er nicht mehr von lärmenden Kindern belästigt werden. Ein Blick auf seine Uhr zeigte ihm, dass er sich das Vergnügen des Spazierganges gönnen konnte, und er wandte sich die La-Muette-Chaussee entlang in Richtung des Boulogne-Wäldchens, vorbei an der Statue der einsamen Jungfrau.

An der Stelle, wo sich die La-Muette-Chaussee in die Prudhon-Avenue und die

Ingres-Avenue teilt, steht zur Linken ein Marionettentheater, das an den Wochenenden Veranstaltungen für Kinder anbietet, die im ganzen Bezirk beliebt sind. Er entschied sich hier, nach links abzubiegen, um dann der Parkallee zu folgen. Hier hing die Vitrine mit dem Ankündigungsplakat der Weihnachtsvorstellung.

Plötzlich schlich sich jemand um die Ecke und Ari blieb so stehen, dass der Unbekannte ihn nicht bemerken würde. Ein Junge, der etwa elf Jahre alt sein mochte, trat an die Vitrine und schrieb in großen Buchstaben auf das Plakat: „Den Vater Noël gibt es nicht. Weihnachten ist eine Lüge!“ Er sah sich um und wollte schon weglaufen, als er hinter sich eine wohlmeinende Stimme hörte. „Junger Mann, kann ich dich um etwas bitten?“

Der Junge drehte sich um, sah aber niemanden.

„Darf ich mich vorstellen? Monsieur Ari."

In der Dunkelheit erkannte der Junge zuerst das längliche Gesicht des Mannes, dann seine Gestalt und eine ihm entgegengestreckte Hand. Der Junge hatte allerdings nicht vor, sich mit dem Unbekannten bekannt zu machen, und sah ihn mit aufgerissenen Augen an.

„Hab keine Angst. Ich wollte nur sehen, was du geschrieben hast. Eine gute Handschrift, ohne Fehler", lobte er.

„Das war ich nicht. Das stand da schon", stammelte der Junge.

„Also lügen solltest du nicht. Weißt du nicht, dass Kinder, die nicht brav sind, die Rute des Nikolaus zu spüren bekommen?" Allerdings gab Ari durch ein Lächeln zu verstehen, dass er daran nicht glaubte.

Der Junge wurde etwas mutiger und erklärte: „Es gibt weder den guten noch den bösen Nikolaus."

„Da hast du recht! Ich versuche schon mein ganzes Leben, die Menschen davon zu überzeugen, aber sie sind einfach dumm.“

Der Junge stellte sich das verzückte Gesicht seines Bruders vor, wenn dieser von Weihnachten schwärmte.

„Du bist klug! Wie alt bist du denn? Lass mich raten. Nach deiner Klugheit zu urteilen, wahrscheinlich nicht jünger als dreizehn. Habe ich recht?“

Der Junge meinte, dass das durchaus solide klang, und antwortete stolz: „Ja, richtig geraten.“

„Und wie heißt mein neuer Freund?“

„Paul.“ Er streckte seine Hand aus.

„Du kannst mich Monsieur Ari nennen.“ Er drückte die Hand des Jungen leicht und gab sie nicht gleich wieder her. Paul war der Handdruck angenehm und für einen Augenblick stellte er sich seinen Vater vor. Ari bemerkte die Reaktion des Jungen und sagte: „Vielleicht könnten wir unsere wunderbare Bekanntschaft fortsetzen oder, sagen wir besser, unsere *bemerkenswerte* Bekanntschaft, denn wir glauben nicht an Wunder.“ Mit einem Blick auf seine Uhr fuhr er fort: „Für einen jungen Mann wie dich ist es noch nicht spät. Ich könnte dich zu einer Tasse Tee einladen, zu mir. Es ist nicht weit – in der Ranelagh-Straße. Oder musst du bei den Erwachsenen um Erlaubnis bitten?“

Paul wusste gut, dass er nicht einfach so zu Unbekannten gehen sollte, dazu am späten Abend und ohne es jemandem mitzuteilen. Aber er wollte gern mitgehen und sagte sich: „Wenn Pierre irgendwelche Dummheiten macht, dann lachen alle bloß. Warum sollte ich nicht einmal im Leben machen, was ich will?“

Deshalb antwortete er: „Ich bin schon groß genug, um zu entscheiden. Wenn es nicht lange dauert.“

Da Monsieur Ari seine Hand immer noch nicht losgelassen hatte, gingen sie Hand in Hand in Richtung der Ranelagh-Straße. Dort öffnete Ari die Gartentür und Paul sah Baumskulpturen, die wie Menschen aussahen, die ihre Hände gen Himmel streckten, als würden sie jemanden anbeten.

„Die sind schon über zweihundert Jahre alt“, erläuterte der Hausherr, als er das Interesse des Jungen bemerkte. „Zwar raten mir alle, sie abzusägen und junge Bäume zu pflanzen, aber ich umgebe mich gern mit Dingen, die eine Geschichte haben. Und obwohl die Bäume lebloses Totholz sind, so wecken sie doch alle möglichen Gedanken bei mir. Hiermit öffnete er die Haustür und lud den Jungen mit einer Geste ein einzutreten.“

Paul dachte kurz daran wegzulaufen, aber dann verflog dieser Gedanke wieder.

Das Parkett knarrte angenehm unter den Füßen. Aus dem breiten Flur gingen sie zu einem Zimmer, durch dessen teilverglaste Tür ein gelbrötliches Leuchten schien. Mit theatralischer Geste bat Ari ihn hinein.

Kaum hatte er die Türschwelle überschritten, sah er einen riesigen Hirschkopf mit Geweih an der Wand über dem Kamin, der ihn anzustarren schien, und er erschrak ein bisschen.

„Hab keine Angst. Der ist ausgestopft", lachte der Hausherr. „Ein Jäger bin ich nicht, aber es handelt sich um ein Paar." Er wies auf den Kopf der Hirschkuh gegenüber. „Freunde haben mir die Trophäen geschenkt."

Ari setzte seinen Gast in einen Sessel vor dem Kamin und ging hinaus, um Tee zu kochen. Die linke Wand war vom Boden bis zur Decke mit Büchern vollgestellt. An den anderen Wänden hingen zum Schmuck altertümliche Masken, Rasseln, geschnitzte Stäbe. Auf dem Kamin lag unter einem Glassturz ein Dolch aus schwarzem Metall mit silbernem Griff in der Form eines Wolfskopfes mit aufgerissener Schnauze. Paul erhob sich etwas aus seinem Sessel, um den Dolch besser betrachten zu können.

„Und hier ist unser Tee mit Gebäck“, erklärte der Hausherr, als er das Zimmer betrat. „Oh, ich sehe, dass mein Dolch dich interessiert. Wenn wir mehr Zeit hätten, würde ich dir seine Geschichte erzählen. Aber ich hoffe, dass du mich noch besuchen kommst. Würde mich freuen, wenn du öfter kommst.“

„Ja klar“, antwortete Paul, der seine Fingerspitzen an dem heißen Teebecher wärmte.

In diesem Moment klingelte es an der Tür. Paul stellte seinen Becher hin und wollte aufspringen, aber der Hausherr drückte ihn sanft in den Sessel zurück.

„Geh nicht selbst los, ich begleite dich ein Stück. Ich muss nur erst mal meinen Gast empfangen und komme gleich zurück." Ari goss noch Tee nach, verließ das Zimmer und schloss die Tür.

Paul wartete noch ein paar Minuten und entschied, dass es für heute genug war. Zu Hause warteten seine Mutter und sein Bruder. Nach Hause kam er auch gut ohne Begleitung.

Im Flur sah er Licht hinter einer anderen Tür, wo der Hausherr offenbar den zweiten Gast empfing. Durch die Glastür sah er genau den unangenehmen Mann, dessen Hund seinen Bruder angegriffen hatte, als sie im Park gespielt hatten. Was konnte der kluge und charmante Hausherr Ari mit diesem groben, hässlichen Zwerg gemein haben, der aus einem alten Märchen entsprungen zu sein schien?

Paul blieb stehen, um zu hören, was sie beredeten.

„Meine Getreuen sind überall, so dass die Briefe völlig unleserlich sind“, erklärte die grobe, laute Stimme.

„Das ist gut“, stimmte Ari zu. „Und wie steht es mit dem Objekt, das unser besonderes Interesse geweckt hat?“

„Hier ist es.“

Paul presste seine Nase an die Tür, um es zu erkennen. Der Gast hielt einen funkelnden Gegenstand in der Hand.

„Oh!“ Der Hausherr klatschte in die Hände. „Ich bin ungeduldig, es auszuprobieren. Der Heilige Nikolaus wird ohne die Lupe blind sein. Hahaha! Kann sie wirklich geheime Gedanken und Wüsche anzeigen?“

Er schrieb etwas auf ein Blatt Papier und nahm den Gegenstand. „Wirklich, es ist die

Wahrheit! Damit werde ich allmächtig sein!“ Dabei wurde er kurz still uns sah sich um.

„Leiser“, sagte der Gast. „Wir sind doch nicht allein im Haus.“

Paul sprang sofort von der Tür weg, war aber neugierig genug, sein Ohr an den Türrahmen zu halten, um das Gesagte zu erhaschen, selbst wenn er dabei nichts sehen konnte.

„Ja“, sagte Ari. „Das hatte ich fast vergessen. Und was wäre, wenn jemand erriete, dass du die Zauberlupe gestohlen hast?“

Paul konnte zwar nicht verstehen, um was für eine Zauberlupe es sich handeln konnte – wo Ari das Wort Wunder doch nicht in den Mund nahm –, aber er konnte sich auch nicht losreißen.

„Dieser rotnasige Dummkopf ist genau in jene Falle gelaufen, die wir ihm gestellt haben“, sagte der Mann, der einem Zwerg ähnelte. „Jetzt müssen alle annehmen, dass er die Lupe gestohlen hat, so wie ich die Sache eingefädelt habe."

„Geschickt", lachte der Hausherr. „Und warum habt ihr heute nicht unseren Freund aus dem Wald mitgebracht?"

„Den Grund kenne ich nicht. Er erschien nicht am Treffpunkt. Und ich musste mich schnell zurückziehen. Hoffentlich kam er nicht in Schwierigkeiten mit dem Hirsch. Eigentlich sollte er schon wiedervereinigt sein mit Vater und Mutter in den ewigen Jagdgründen."

Monsieur Ari lachte.

„Ich muss zurück in den Palast des Heiligen Nikolaus", sagte der Gast. „Sonst kann meine Abwesenheit Verdacht hervorrufen."

„Gut, gut", antwortete der Hausherr. „Und auch ich muss zum Jungen zurückkehren."

Paul schlich sich in das Zimmer mit den beiden Hirschköpfen zurück. Dort wartete er, bis Ari und dessen seltsamer Gast das andere Zimmer verlassen hatten und zum Ausgang gingen. Paul eilte nun in das gerade verlassene Zimmer und überzeugte sich durch das Fenster davon, dass der Hausherr und der Gast am Gartentor waren. Dann trat er an den Tisch, auf dem der in Gold gefasste Gegenstand lag, den Ari als Zauberlupe bezeichnet hatte.

Daneben lag ein Stück Papier, auf dem in Schönschrift stand: „Alle mögen glücklich sein."

Als Paul aber das Glas auf die Schrift hielt, wurden die Zeichen ungelenk und er las: „Ich will die Welt beherrschen."

Vor dem Haus hörte er die heraneilenden Schritte des Hausherrn.

Paul schob sich die Lupe in den Hosenbund, richtete den Pullover und eilte in den Flur, wo er sich seinen Mantel anzog. Als Ari eintrat, schloss er gerade den letzten Mantelknopf.

„Verzeiht mir, junger Freund, dass ich aufgehalten wurde. Das war ein sehr wichtiger Gast, mit dem ich mich schon früher verabredet hatte."

„Das macht nichts. Aber, Monsieur, meine Mutter wird sich Sorgen machen."

„Warte noch eine Minute, ich muss nur noch etwas fertig machen und begleite dich dann."

„Nein, nein danke! Ich wohne nicht weit von hier." Paul schlängelte sich zur Tür durch und stand schon draußen.

„Na gut!", sagte Ari nachdenklich. „Aber du kannst regelmäßig zu mir zu Besuch kommen. Wir sind doch jetzt Freunde, oder?" Damit streckte er Paul seine Hand hin. Jetzt kam sie Paul nicht mehr wie die Hand des Vaters vor, sondern wie ein unangenehmes Greifinstrument.

Vor Aris Haus lief eine lärmende Gesellschaft junger Leute vorbei. Paul folgte ihnen in Richtung der Mozart-Avenue. Dort stiegen sie in die U-Bahn hinab, während Paul nach links in Richtung des La-Muette-Platzes ging.

Ari fühlte, dass in dem Jungen irgendeine Veränderung vorgegangen war. Er hatte doch nicht etwa ihr Gespräch belauscht? Ihm wurde ganz kalt von dieser Vermutung. Sofort eilte er ins Arbeitszimmer, zum Tisch ...

Die Zauberlupe war nicht da!

„Nein!“, stöhnte er. „Das kann nicht sein! Betrüger, Dieb, sei verflucht!“

„Ich werde dich sowieso finden!“, brüllte er jetzt wie ein Tier und eilte im übergeworfenen Mantel auf die Straße.

Er schaute sich um, aber die Spur des Jungen war schon erkaltet. „Er muss dort gesucht werden, wo wir uns getroffen haben.“ Dieser Gedanke ging ihm durch den Kopf.

„Wunderbar, sehr gut!“, tönte es ihm von allen Seiten entgegen.

Henri war mit seinem Erfolg hochzufrieden und ging in Begleitung von Madame Rouge auf den La-Muette-Platz.

„Sehen Sie, junger Mann? Sie haben heute alles gezeigt, was in Ihnen steckt. Für mich war das allerdings keine Überraschung.“

„Danke, Madame! Ich bin Ihnen in allem zu Dank verpflichtet“, erwiderte Henri etwas kokett.

„Sind Sie das?“, rief die Frau plötzlich erstaunt.

„Ja, Madame“, antwortete Henri ebenso erstaunt. „Ich bin hier, neben Ihnen.“

„Oh, Verzeihung, Sie meinte ich nicht. Schaut nur, wer da kommt.“

Mit ausholenden Schritten, ohne auf Verkehrsregeln zu achten, kam Monsieur Ari genau auf sie zu. Er machte ihnen ein Zeichen, ihm zu folgen, und bog in die La-Muette-Chaussee. Beide gingen ihm eilig hinterher.

„Ich wollte nicht, dass mich jemand bemerkt“, sagte Ari beinahe flüsternd. „Ich wurde von einem nicht vertrauenswürdigen Jungen beraubt.“

„Was Sie nicht sagen!“ Madame Rouge unterstrich mit den Händen ihre Aufregung.

„Leiser, bitte!“, bat Ari. „Man kennt mich hier in der Umgebung und ich kann ihn nicht selbst verfolgen, ohne Aufmerksamkeit auf mich zu ziehen.“

„Ich kann die Polizei rufen“, schlug Henri vor.

„Nein!“, widersprach Ari streng. „Wir müssen den Jungen selbst finden und ihm abnehmen, was mir gehört.“

„Ich hasse Diebe. Erzählen Sie, wie es dazu kam“, bat Madame Rouge.

„Wir haben keine Zeit“, schnitt Ari das Gespräch ab. „Prägen Sie sich seine

Erkennungsmerkmale ein: zehn oder elf Jahre alt, eher dünn, ein grauer Mantel. Ihr erkennt ihn bestimmt. Um diese späte Zeit sind kaum Kinder ohne Begleitung Erwachsener unterwegs. Ich gehe über den Émile-Augier-Boulevard oben rum, Sie Monsieur Henri kommen mit. Der Junge sagte etwas über die italienische Botschaft, also entweder die Conseiller-Collignon-Straße oder eine der Nebenstraßen. Sie kennt er nicht – deshalb wäre es gut, wenn Sie ihn festhalten."

Henri war wenig begeistert. Er hatte keine Lust, bei zweifelhaften Unternehmungen mitzumachen.

„Na, nicht so schüchtern", munterte ihn Madame Rouge auf. „Sie müssen ihn nur festhalten und Monsieur Ari übergeben."

Henri zögerte, willigte aber ein. Zusammen mit Ari brachen sie am oberen Ende des Platzes in Richtung Émile-Augier-Boulevard auf und trennten sich auf Höhe der Schule. Henri lief links die Verdi-Straße lang, die in die Conseiller-Collignon-Straße mündete. Ari dagegen wollte auf Nebenstraßen zur Passy-Straße und dem Jungen den Weg abschneiden.

Paul sah aus der Ferne die Gestalt von Monsieur Ari, als dieser auf den Platz trat und sich in Richtung des Ranelagh-Parks wandte, und verstand, dass ihm der Weg nach Hause versperrt war.

In der Nähe bemerkte er auf der von Leuchten erhellten Straßeninsel zwischen der Passy-Straße und der Paul-Doumer-Avenue die Gruppe junger, noch immer kostümierter Leute: einen Nikolaus, einen Eisbären und einen Hirsch. Sie liefen vor einer mit Weihnachtsmotiven geschmückten Stellwand umher, wünschten den Vorübergehenden ein frohes Fest und baten an, sich mit ihnen fotografieren zu lassen. Der Fotograf stand direkt daneben und bot seine Dienste für zwanzig Franc an.

Paul dachte für sich, dass ein belebter Platz ihm Schutz bot.

Der Nikolaus sprach ihn lächelnd an: „Komm zu mir, lieber Junge, ich umarme dich."

„Ich habe kein Geld für eine Fotografie", antwortete Paul.

„Wer sagt denn, dass du bezahlen musst?"

„Auf dem Poster steht: zwanzig Franc pro Foto."

Der Nikolaus lächelte noch breiter.

„Ich gebe dir zwanzig Franc für ein Foto mit mir."

Der Fotograf machte ein langes Gesicht und die ganze Gruppe lachte laut los.

Alle stellten sich in einer Reihe auf. Der Fotograf stellte sein Objektiv und den Blitz ein.

„Na, siehst du? Alles fertig!“, kommentierte der Nikolaus und gab Paul zwanzig Franc. Die Gruppe lachte erneut.

Paul wollte das Geld nicht nehmen, aber der Nikolaus hielt seine Hand fest und bestand darauf. „Das ist doch, was auf dem Foto versprochen wird.“ Erneut lachte er fröhlich.

„Da ist er, der gesuchte Junge!“, ertönte die Stimme von Madame Rouge. Vom fröhlichen Treiben der Kostümierten angezogen, hatte sie den Flüchtigen in der Gruppe entdeckt.

„Das ist meine Mutter“, flüsterte der Nikolaus seinen Freunden zu.

„Kann es sein, dass sie uns auf die Schliche gekommen ist?“

„Kaum“, sagte der Fotograf. „Lass uns unser Spiel mit ihr spielen.“

Julien wusste nicht, was er sagen sollte. Zu seinem Erstaunen ging seine Mutter an ihm vorbei und packte den Jungen, dem er gerade zwanzig Franc geschenkt hatte, am Kragen.

„Lassen Sie mich! Was wollen Sie? Ich kenne Sie nicht!“, verteidigte sich dieser. „Zu Hilfe!“

Julien verstand, dass seine Mutter ihn im Kostüm nicht erkannt hatte. Aber was wollte sie von diesem unglücklichen Jungen? Er sah nicht wie ein Obdachloser aus. Der Junge, den die Mutter hinter sich herzog, während er sich zu wehren versuchte, tat ihm leid.

Er zwinkerte dem Fotografen zu und stellte sich zwischen seine Mutter und den unbekannten Jungen.

„Nur zwanzig Franc, Madame, und schon sind Sie in der unvergesslichen Gesellschaft am Nordpol.“

„Lasst mich in Ruhe!“, wehrte sich Madame Rouge, aber Julien gab nicht nach. Dass seine Mutter ihn nicht einmal im Gespräch erkannte, ließ ihn noch übermütiger werden.

Er verstellte ihr den Weg, hielt ihren Arm fest und erklärte lautstark: „Egal ob Sie wollen oder nicht, Sie müssen sich mit mir fotografieren lassen."

Auf der anderen Seite wurde sie vom jungen Mann im Eisbärkostüm untergehakt. Der Hirsch sank vor ihr auf die Knie und schnitt ihr dadurch den Weg zu dem Jungen ab. Paul war frei. Sie wollte losschreien, aber in diesem Augenblick betätigte der Fotograf sein Blitzlichtgerät und blendete sie für einige Augenblicke.

Paul lief so schnell er konnte in Richtung der Passy-Straße, sah aber, dass sich ihm Monsieur Ari von der Vital-Straße näherte, und bog schnell in die Annonciation-Straße ein.

An diesem Abend hatte die Konditorei von Papajanis extra lange geöffnet, weil sie während der Feiertage geschlossen bleiben würde. Der Chef hatte seine Mitarbeiter nach Hause geschickt und brachte den Laden selbst in Ordnung. Er hatte keine Familie und musste daher nicht nach Hause eilen. Er sah sich ein letztes Mal um und sah, dass alle Räume glänzend sauber waren.

Er ging nach draußen, um die Gitterjalousien runterzulassen, und musste sich dabei bis zum Boden nach vorne beugen. Da stieß ihn jemand von hinten an, so dass er mit der Stirn gegen das Gitter stieß. Aber auch der andere hatte sich beim Zusammenstoß wohl wehgetan, denn er sagte „Oi!“ und fiel auf das Straßenpflaster.

Nachdem er sich aufgerichtet hatte, wandte Papajanis seinen Kopf in dessen Richtung.

Dort war aber nicht, wie er erwartet hatte, irgendein Rabauke, dem er den Kopf waschen würde, sondern ein Junge, dem er mit seinen kräftigen Händen aufhalf.

„Paul?“ Er erkannte den Jungen. „Was machst du denn hier zu später Stunde?“

Paul sah sich ängstlich nach seinem Verfolger Ari um – der war aber nicht zu sehen.

„Hast du dir wehgetan? Ist alles in Ordnung?“, fragte ihn Papajanis besorgt.

Paul murmelte etwas vor sich hin, aber man konnte daraus nicht schlau werden.

„Na, dann machen wir es so: Du kommst erst mal rein zu mir und erzählst mir alles.“

Paul fühlte eine große Erleichterung, denn er hatte seinen Freund getroffen, der ihn verteidigen würde.

Kapitel 10

Ein glückliches Treffen

„Setz dich bequem hin und erzähl mir, was passiert ist“, schlug Michalis Papajanis vor, oder Michel, wie ihn die Franzosen nannten. Paul fing auch an zu erzählen, aber es gelang ihm nicht darzustellen, was genau ihm zugestoßen war.

„Also ich ... Er hatte ...“, stammelte er.

Dann zog er die Zauberlupe aus seinem Hosenbund und legte sie auf den Tisch.

„Was ist denn das? Woher hast du das Ding?“

Paul schwieg mit hängendem Kopf. Dann entschloss er sich schweren Herzens zu einem Geständnis: „Ich, ich ... habe es einem Monsieur entwendet."

„Gestohlen?!", rief Michalis schockiert aus.

„Das ist die Zauberlupe, die dem Heiligen Nikolaus gehört", sagte Paul erregt.

Nach diesen Worten fühlte er sich trotzdem verunsichert. Einerseits glaubte er ja selbst nicht mehr an die Existenz des Heiligen Nikolaus oder an ähnliche Märchen, aber andererseits war die Lupe ein realer Gegenstand, von deren magischen Fähigkeiten er sich selbst überzeugt hatte.

„Existiert denn der Nikolaus?", fragte Paul deshalb seinen erwachsenen Freund.

Herr Papajanis antwortete nicht gleich und ging hinter die Ladentheke, wo er eine knisternde Kakaotüte hervorholte. In diesem Moment erschrak Paul offenbar wegen einer Erscheinung, die er durch die gläserne Ladentür gesehen hatte. Er hielt eine Hand vor den Mund. Aber als Papajanis in die Richtung schaute, sah er … nichts.

„Was hast du denn gesehen? Wer hat dich so erschreckt? Mein armes Kind, hab keine Angst. Ich bin bei dir."

„Ari. Monsieur Ari", flüsterte Paul.

Das Gesicht von Papajanis veränderte sich. Erst wurde es blass und dann krebsrot vor Wut.

„Woher kennst du den denn? Du bist doch ein guter Junge, ich kenne dich von klein auf." Er machte eine Geste mit seinen großen Händen, als hielte er einen Säugling.

„Sie kennen ihn auch?", fragte Paul alarmiert.

„Die Ehre wäre viel zu groß für diesen Scharlatan, dass ein ehrlicher Mensch mit ihm bekannt wäre. Wie konnte es denn dazu kommen, dass er und du irgendwas

Gemeinsames habt? Das verstehe ich nicht, Paul." Papajanis hatte wie immer sehr emotional und artistisch gesprochen.

Paul dagegen saß schweigend am Tisch. Papajanis war jetzt mit der Zubereitung der heißen Schokolade fertig geworden, stellte den Becher auf ein Tablett, nahm aus dem Schrank eine hübsche Schachtel mit Weihnachtsgebäck und süßen rosafarbenen griechischen Lokum mit Nüssen. Das Aroma erfüllte den ganzen Laden.

„Na schön." Papajanis war mit sich zufrieden, als er Paul die Leckereien vor die Nase stellte. „Iss, Junge, iss."

Paul spürte plötzlich, wie hungrig er eigentlich war, und fing mit Appetit an zu essen. Papajanis wartete, bis er seinen Hunger gestillt und sein blasses Gesicht eine zufriedene rosa Farbe angenommen hatte. Dann erst sagte er: „Jetzt mal von vorne: Wie hast du diesen Ari kennengelernt?"

„Ich war abends im Ranelagh-Park beim Marionettentheater."

„Was hast du da abends gemacht? Mit Pierre? Wusste deine Mutter davon?"

„Nein, ich war allein da", antwortete Paul, wobei er errötete.

„Und wie kam es zu der Bekanntschaft mit Ari?"

„Er ist an mich herangetreten, als ich auf das Theaterplakat schrieb, es gebe keinen Nikolaus und Weihnachten sei eine Lüge."

„Wie das, Paul? Du meinst, all diese Leute, die sich zum Fest beglückwünschen und einander Geschenke schenken, um ihre Nächsten zu erfreuen, hätten alle unrecht, wären Dumme oder Lügner? Nein, Paul, nein."

Paul schämte sich plötzlich für das, was er getan hatte, und er wurde noch röter, bis seine Ohren förmlich brannten. Er senkte seinen Kopf und wusste nicht, was er sagen sollte.

„Hast du nicht gehört, dass zu den bösen Kindern der Nikolaus mit der Rute kommt?“ Papajanis sah Paul streng an.

Paul wiederum sah ihn mit Verwunderung an.

„Wie ich sehe, hast du noch nicht verstanden, dass dein neuer Bekannter genau dieser Nikolaus mit der Rute ist!“

Paul war nicht nur verwundert, sondern geradezu erschrocken.

„Und was wird jetzt mit mir?“ Er hatte die Worte mit Mühe aus sich herausgepresst.

„Ich weiß, dass die böse Gestalt immer dann auftaucht, wenn sich jemand am Heiligen Nikolaus und dem Weihnachtsfest versündigt. Er gibt keine Ruhe, bis er nicht die Seele des Sünders im Sack hat.“

Paul wurde regelrecht schlecht von diesen Worten.

„Und was soll ich jetzt tun?“, fragte er verzweifelt. „Heißt das, dass Ari als Nikolaus mit der Rute ewig hinter mir her sein wird? Und ich kann ihn nie wieder loswerden?“

„Ich werde dir kaum dabei helfen können. Hier kommt nur einer infrage – der Heilige Nikolaus selbst“, sagte Papajanis feierlich.

„Wo soll ich den denn finden?“, fragte Paul, immer noch nicht ganz überzeugt, da er doch bis vor Kurzem die ganze Weihnachtsgeschichte und alle in ihr auftretenden Figuren für ein Märchen gehalten hatte.

„Du musst eine ganze Menge herausfinden, aber dazu haben wir jetzt zu wenig Zeit. Wenn du zum Nikolaus willst, müssen wir möglichst schnell den Zug nehmen.“

„Den Zug?“, fragte Paul erstaunt.

„Ja. Und wenn du vorher noch nach Hause musst, begleite ich dich.“

Paul dachte daran, wie sehr er sich wünschte, dass seine Mutter wieder gesund würde.

„Nein“, entgegnete er entschieden. „Wenn es den Nikolaus wirklich gibt, dann muss ich ihn sehen. Bringen Sie mich zu ihm?“

Papajanis nickte.

Paul steckte sich das letzte Stückchen Gebäck in seinen Mund und stand auf.

„Und was soll ich mit der Zauberlupe machen?“, fragte er.

„Du hast sie einem Dieb abgenommen, also musst du sie dem Eigentümer zurückbringen“, antwortete Papajanis und zwinkerte ihm zu.

Paul steckte die Lupe wieder in den Hosenbund und zog seinen Sweater darüber.

Auf dem Weg in Richtung des La-Muette-Platzes erzählte Paul, wie ein Mensch im Nikolauskostüm ihn vor einer Frau gerettet hatte, die er in Begleitung von Monsieur Ari gesehen hatte. Dann erinnerten sich beide an den Zusammenstoß vor der Konditorei und beide lachten.

„Gut, dass ich Sie getroffen habe“, sagte Paul und nahm die Hand seines Begleiters.

Sie gingen in die Metro hinunter und fuhren mit der Bahn in Richtung Mairie de Montrouge. An der Station Strasbourg – Saint-Denis stiegen sie aus, um in die vierte Linie umzusteigen.

„Ich muss mir den Schuh zubinden“, sagte Paul und ließ die Hand von Papajanis los, um sich zu bücken. Dieser blieb stehen.

„Was ist los, mein Junge? Ist was passiert?“

„Mir schien, dass ... Nein, wohl doch nicht.“ Schnell band er sich den Schnürsenkel und schaute erneut in die Richtung, wo er meinte, Ari gesehen zu haben. Aber dort war nur ein verliebtes Pärchen, das sich umschlungen hielt. Er nahm wieder die Hand seines Begleiters und sie gingen schnell weiter.

Auf dem Nordbahnhof waren immer viele Leute unterwegs. Die einen wollten nach der

Arbeit in die Pariser Vorstädte, andere nahmen den Zug, um zu verreisen, und sei es in ferne Länder. Es war ein Bahnhof, der niemals schlief.

„Zu welchem Gleis müssen wir denn?“, fragte Paul.

„Zum ersten. Dort fährt ein Zug mit einem Waggon, der uns zum Ziel bringt. Nur müssen wir schnell noch eine Platzkarte für dich kaufen.“ Hand in Hand eilten sie zum ersten Gleis.

Vor dem Gleis stand ein großes Schild, auf dem mit dicken schwarzen Buchstaben geschrieben stand:

ERSATZBAHNSTEIG, KEIN ZUTRITT, KEIN DURCHGANG

Neben dem Schild stand ein Mann in weinroter Uniform mit einem riesigen Schnauzbart und einer qualmenden Zigarette im Mund.

Herr Papajanis schob seine freie Hand in die Innentasche seines Mantels und zog ein rotes Kuvert raus. Er grinste zufrieden und zeigte Paul den Umschlag.

„Weißt du, was das ist?“

„Unsere Fahrkarte wahrscheinlich?“

„Eine Fahrkarte? Haha! Ja, eine Art Ticket, genauer aber eine Einladung und weißt du von wem?“

Er drehte den Umschlag um und dort stand in schönen goldenen Buchstaben mit verzierenden Häkchen „NIKOLAUS“ geschrieben.

Der Uniformierte hatte ebenfalls den Umschlag gesehen und trat an sie heran. „Die Herren fahren zum Weihnachtsfest?“

„Ja“, lächelte Papajanis und streckte den Umschlag hin.

„Es scheint mir, dass Sie nicht zum ersten Mal fahren?“, fragte der Schaffner, während er die Einladungskarte aus dem Umschlag zog.

„Ja, tatsächlich, das war schon der Fall“, erwiderte der Konditor etwas verlegen.

„In dem Fall muss ich Ihnen ja nichts erklären. Ich wünsche Ihnen frohe Weihnachten!“ Mit diesen Worten gab ihm der Schaffner den Umschlag mit der Einladungskarte zurück.

„Danke!“

Paul war über all das sehr verwundert und hatte mit weit aufgerissenen Augen beobachtet, was geschehen war. Sie gingen den leeren Bahnsteig entlang, an dessen Ende ein einzelner rotgoldener Doppelstockwaggon stand. In der ersten Etage waren die Schlafabteile und in der oberen Etage mit größeren Panoramafenstern befand sich das Bordrestaurant. Das Restaurant war ein gemütlicher Salon mit Kamin.

„Wie können wir denn in diesem Waggon reisen, wenn er nicht mal an eine Lokomotive angehängt ist?“, fragte Paul.

Papajanis lachte gutmütig. Er verstand, dass Paul sich noch nicht an die Wunder gewöhnt hatte, die für diese besondere Reise charakteristisch sein würden, aber er wollte ihn auch nicht vorab in alle Geheimnisse einweihen und ihm damit die Freude an den bevorstehenden völlig neuen Erlebnissen verderben.

Vor dem Waggon stand ein dicklicher, kleinwüchsiger Schaffner in einem roten, mit Goldknöpfen besetzten Samtanzug, der einem Zwerg zumindest sehr ähnlich sah. Nicht nur hatte er einen langen Bart bis zum Gürtel, sondern auch eine große Nase und große hellblaue Augen. An seinem Anzug waren kleine Schellen befestigt, die bei jeder Bewegung klingelten.

„Sie sind ziemlich spät dran, meine Herren. Fast alle anderen Passagiere sind schon auf ihren Plätzen.“

„Dann ist es ja gut“, seufzte Papajanis erleichtert. „Also gibt es freie Plätze.“

„Wie lief es denn in diesem Jahr, Herr Konditormeister?“, interessierte sich der Schaffner.

„Danke, nicht schlecht“, erwiderte Papajanis.

„Na dann, herzlich willkommen! Ihr Abteil ist das vorletzte im Gang. Wenn Sie zu Abend essen wollen, dann müssen Sie einen Tisch im Restaurant reservieren.“

Papajanis schaute fragend auf Paul. Dieser schaute ihn flehend an – ein Essen im Restaurant und dann noch in einem solchen Waggon, das bekam man ja nicht jeden Tag.

„Ja dann, reservieren Sie uns einen Tisch, bitte.“

Der Schaffner, der gleichzeitig Zugbegleiter war, holte sein Notizbuch aus der Tasche und machte einen Eintrag.

Paul stieg als Erster die eisernen Stufen hoch, die in den Waggon führten, und hielt sich dabei am goldfarbenen Handlauf fest. Innen war es luxuriös und alles war im Hinblick auf die Bequemlichkeit der Fernreisenden eingerichtet: ein weicher grüner Läufer, in dem die Füße einsanken, als wäre er frisches Gras auf einer Wiese, edelholzgetäfelte Wände, goldfarbene Handgriffe an den Türen, Leuchten über jedem Eingang in die Abteile. In der Mitte des Ganges führte eine Wendeltreppe in die obere Etage, ins Restaurant, worauf ein goldener Wegweiser hinwies.

Als sie das vorletzte Abteil erreichten, war die Tür, wie um sie einzuladen, halb geöffnet. An beiden Seiten waren breite Betten befestigt, auf denen weinrote Decken und große weiche Daunenkissen lagen. Unter dem großen Fenster war ein halbrunder Tisch, den ein Blumenstrauß schmückte. Auf der linken Seite führte eine Tür ins Bad, rechts zu einem Kleiderschrank.

Paul ließ sich freudig aufs Bett fallen, ohne seine Schuhe auszuziehen.

„Wenn Pierre das sehen könnte!“ Obwohl er seinen Bruder vor einigen Stunden gesehen hatte, dachte er schon sehnsüchtig an ihn. „Schade, dass er uns nicht begleiten kann.“

„Schade“, stimmte ihm Papajanis zu.

„Wäre es möglich, ihn irgendwann mal mitzunehmen?“

„Das hängt nicht von mir ab.“

„Es fühlt sich so unwirklich an, als wäre nicht ich derjenige, dem das hier passiert.“

Im Gang hörten sie Lärm.

„Offenbar sind das die verspäteten Gäste, die in ihr Abteil wollen“, sagte Papajanis, schloss die Tür und setzte sich müde auf sein Bett.

Ein lauter Pfiff war zu hören und der rot bemantelte Schaffner stieg ein und schloss die Zugtür. Langsam setzte sich der Zug in Bewegung, was daran zu erkennen war, dass der Bahnsteig vor dem Fenster vorüberschwamm. Durch das Fenster konnte man weitere Züge sehen, dann die eher hässlichen Häuser der Vorstadt und schon zehn bis fünfzehn Minuten später war alles in Dunkelheit gehüllt. Im Gang bimmelte ein Glöckchen.

„Das heißt, dass wir uns zum Abendessen fertig machen müssen."

„Gut. Ich habe schon wieder Hunger", antwortete Paul. Er wartete ungeduldig darauf, nach oben gehen zu dürfen.

Kapitel 11

Abendessen im Zug

Auf der oberen Etage, die durch die mittige Wendeltreppe in zwei kleinere Säle geteilt war, stand schon alles für die Passagiere bereit. Auf der Höhe der Treppe war eine Art Theke, hinter der der wichtigtuerische Empfangschef im blauen Samtanzug mit goldenen Knöpfen wie ein Kapitän auf der Brücke stand. Seine Brust war mit Bezug auf den Kometen der Weihnacht mit einem glitzernden Schweifstern geschmückt, wie er meist an den Krippen mit dem Jesuskind hängt. Hinter ihm war eine Vitrine mit verschiedenfarbigen Flaschen, die durch die Bewegung des Zuges leise klirrten wie Schellen am Geschirr der Weihnachtshirsche. Sie standen auf den auf Hochglanz polierten Messingregalen der Vitrine. In der Mitte befand sich das Bild des lächelnden Nikolaus, der mit seinen hellblauen Augen durch eine Nickelbrille die Besucher anzuschauen schien. Er saß in einem schwarzen Anzug an einem Tisch mit Briefen.

Der Empfangschef begrüßte Papajanis ehrfürchtig: „Guten Abend, Meister. Ich stehe Ihnen zu Diensten. Und auch dir, junger Mann, wünsche ich einen guten Abend. Leider habe ich nicht die Ehre, deinen Namen zu kennen.“ Fragend sah er Paul an.

„Paul. Ich heiße Paul Martin.“ Der Junge streckte ihm seine Hand hin.

„Wir sind froh, Sie begrüßen zu dürfen, Monsieur Martin.“ Der Chef drückte seine Hand leicht und schüttelte sie sacht. „Wollen Sie gleich zu Abend essen oder wünschen Sie, dass ich Sie erst mal herumführe?“

Paul konnte es kaum erwarten, sich diesen erstaunlichen Waggon näher anschauen zu dürfen. Er schaute seinen Begleiter fragend an und dieser nickte.

„Die Führung, bitte."

„Nun, da wir noch keine weiteren Besucher haben", dabei schaute er auf die Uhr, die über der Treppe hing, „ist Zeit für eine kleine Exkursion."

Der Empfangschef kam hinter seiner Theke hervor und zeigte auf den Salon mit dem Kamin.

„Das ist unsere Bibliothek."

Mit Vergnügen schaute sich Paul in diesem Teil um, wo die Wände mit Bücherregalen vollgestellt waren, die nur von den Waggonfenstern unterbrochen wurden. An beiden Seiten standen Sofas, zwischen ihnen kleine Tische zur Ablage von Zeitschriften. Die größte Zierde des Salons war natürlich der aus behauenen Steinen gearbeitete Kamin. Sein Feuer loderte schwach in einer Feuerstelle aus eisernen Geweihen. Über dem Kamin hing ein Gemälde, das die Weihnachtsszene darstellte. Das Bild war so hinreißend, dass Paul seinen Blick nicht abwenden konnte.

„Dieses ikonische Gemälde stammt direkt aus Konstantinopel und ist auf vergoldetem Holz ausgeführt“, verkündete der Chef stolz.

Ein sanftes goldenes Licht ging von dem Bild aus. „Aber auch unsere Bibliothek ist durchaus einzigartig. Schauen Sie sich dieses Porträt an! Erkennen Sie, wen es darstellt?“

Das Porträt war so klein wie ein Taschenbuch.

„Ich weiß nicht genau. ... Vielleicht Hans Christian Andersen.“ Zu Hause hatte er ein Märchenbuch, auf dem dessen Gesicht abgebildet war.

„Bravo! Sie sind gut gebildet! Es ist wirklich Andersen." Er nahm das Bild in die Hand und zeigte die Rückseite, auf der stand: „Zu ewigem Andenken, 4. August 1875". Dann nahm er einen anderen Gegenstand in die Hand – ein kleines Kästchen. „Weißt du, was das sein könnte?"

„Nein!" Das konnte Paul nicht wissen.

„Das hat uns ein Gast hinterlassen – die Begleiterin Andersens in diesem Waggon im Jahr 1874." Er begab sich auf die andere Seite, wo ein Bild hing, auf dem zwei Männer mit grauen Haaren in dunkelbraunen Anzügen abgebildet waren. Die Unterschriften lauteten „Wilhelm und Jakob".

„Das sind doch die Brüder Grimm!", rief Paul aus.

„Und hier in dieser Ecke hängt noch ein russischer Schriftsteller, der auch häufig mit uns reiste. Er hieß Nikolai." Er war im Profil mit einer langen Nase und schwarzen glatten Haaren dargestellt und ähnelte dem Kardinal Richelieu, nur ohne rote Mütze.

„Und wessen Mütze ist das?“ Paul zeigte mit der Hand auf eine braune Ledermütze mit Ohrenklappen.

„Die hat uns ein Gast geschenkt, der Flieger war. Auf dem Riemen steht Toni. Ich glaube, das war das Jahr 1944. Übrigens ist jedes Buch in unserer Bibliothek vom Autor persönlich signiert“, sagte der Empfangschef bedeutungsvoll.

Auf der Treppe waren Schritte zu hören.

„Verzeihen Sie, hier muss ich unsere kleine Exkursion beenden“, sagte er mit einer höflichen Verbeugung und begab sich zur Theke.

Paul durchquerte die Bibliothek und ging zu Papajanis, der in einem Sessel am Eingang saß.

„Das ist einfach erstaunlich!“ Das war alles, was der von Emotionen überwältigte Paul sagen konnte.

„Ja, so ist es. Und ist jetzt die Zeit gekommen, sich zu stärken?“

Sie gingen in den Salon, der als Restaurant diente.

„Wer zuerst kommt, hat die beste Auswahl“, sagte Papajanis mit einem breiten Grinsen.

Paul schaute sich den Saal genau an wie ein Heerführer das Schlachtfeld und wählte einen Tisch in der hinteren rechten Ecke am Fenster, von wo aus sie alle anderen Gäste sehen konnten.

Der Waggon schaukelte leicht, die Räder erzeugten das charakteristische gleichförmige Klopfen auf den Gleisen, welches dazu beitrug, dass man sich entspannt unterhalten konnte. An der Theke unterhielten sich ein Greis und ein etwa fünfzehnjähriger Junge leise mit dem Empfangschef und begaben sich dann an einen Tisch in der ihnen gegenüberliegenden Ecke.

„Sie wollen wohl auch alle Besucher sehen“, dachte Paul bei sich.

Der Alte machte dem Jungen ein Zeichen und dieser nahm ein Notizbuch und einen Kugelschreiber aus der Tasche seiner Jacke. Paul brannte innerlich vor Neugier. Zu gern hätte er gewusst, um wen es sich handelte und wie sie hierhergekommen waren. Darüber vergaß er sogar, das Menü zu studieren.

Michalis, der Pauls Ungeduld bemerkte, winkte den Chef herbei. Sofort kam er mit seinem Block und Bleistift herbei.

„Was darf es sein, meine Herren? Haben Sie schon gewählt oder wollen Sie eine Empfehlung? Natürlich nur, wenn Sie erlauben, Meister."

„Wissen Sie, mein Begleiter ist äußerst neugierig."

„Und was ruft sein Interesse hervor?"

„Er hätte zu gern gewusst, wer dort am anderen Tisch sitzt."

Der Chef beugte sich zu ihnen und sagte halb flüsternd: „Der ältere Herr, das ist Monsieur Giovanni, ein berühmter Schriftsteller aus Italien. Neben ihm ist sein Schüler Giorgio. Haben Sie sich schon entschieden, was Sie bestellen werden?“

Michalis sah Paul fragend an, aber der schwieg und wusste nichts zu sagen.

„Offenbar noch nicht“, sagte der Konditor und schüttelte mit seinem Kopf.

„Dann lasse ich Ihnen noch eine Minute Zeit.“

Auf der Treppe waren wieder Schritte zu hören und schon bald konnte man ein neues Paar sehen.

„Oh, verehrte Anna!“, sagte der Empfangschef laut. „In Begleitung von …?“

„…Mademoiselle Elsa“, stellte Anna ihre Begleiterin vor.

Ein etwa fünfjähriges Mädchen mit blonden Haaren, die in einen dicken Zopf geflochten waren, sah bescheiden ins Nirgendwo.

„Ich hoffe, Sie haben sich gut eingerichtet, Signorina Elsa?“

„Danke, Signore!“, sagte das Mädchen mit dünner Stimme. Der Empfangschef begleitete sie zu einem Tisch.

Giovanni erhob sich, um Signora Anna zu begrüßen. „Guten Abend! Vielleicht wollen Sie sich in unsere Nähe setzen?“

„Mit dem größten Vergnügen!“, stimmte sie mit italienischer Lebhaftigkeit zu. Sie führte das Mädchen zu einem Tisch am Fenster neben Giovanni und Giorgio.

Der Empfangschef half erst der Dame sich zu setzen, dann dem Mädchen, öffnete das Menü und gab leise Empfehlungen. Beide reagierten heiter auf die Ratschläge und lachten sogar dann und wann. Der Chef schrieb ihre Bestellungen auf.

Dann tauchten noch zwei Gäste auf, einer davon in Polizeiuniform. Sie setzten sich an einen Tisch in der Nähe des Einganges.

„Sie sind nicht das erste Mal hier?“, fragte Paul Herrn Papajanis. „Und warum nennt der Empfangschef Sie Meister?“

„Ich habe auf Bitten des Nikolaus schon mehrmals das Dessert zum weihnachtlichen Abendessen kreiert.“

„Ich kann noch immer nicht glauben, dass diese Ereignisse real sind“, gab Paul zu.

Inzwischen füllte sich das Restaurant.

„Lass uns bestellen und ich erzähle dir beim Essen alles“, schlug Papajanis vor. Paul nickte.

„Und was schmeckt hier am besten?“

Herr Papajanis lächelte und winkte den Chef herbei, der auch gleich herantrat.

„Wir wollen bestellen.“

Während der Chef seinen Block zückte, zählte Papajanis mehrere Speisen auf, von denen Paul noch nie gehört hatte: „Apfel-Saramis ... Marzipangebäck ... Doratchis“.

„Eine hervorragende Wahl – unübertroffen!“

Der Chef schnipste mit den Fingern und ein junger Mann mit dünnem Bart und weißer Schürze erschien. Der Chef übergab ihm den Zettel mit der Bestellung und erklärte dazu flüsternd etwas. Der Junge lächelte, warf einen Blick auf Paul und ging schnell in die Küche.

An den anderen Tischen spielte sich die Szene in ähnlicher Weise ab. Paul schaute sich mit Interesse die verschiedenen Gäste an. Bis auf einen waren jetzt alle Tische besetzt. Der Empfangschef sah Pauls fragenden Blick und zuckte mit den Schultern, um zu zeigen, dass er auch nicht wusste, was es mit dem zwölften Tisch auf sich hatte.

Dann öffneten sich die Türen zur Küche und zwei Jungen, die wie Zwillinge aussahen, schoben einen silbernen Servierwagen in den Salon, der voller Teller war. Neben ihnen stand der junge Mann mit dem dünnen Bart. Mit geübten Bewegungen bewegten sie sich von Tisch zu Tisch und verteilten die Speisen, deren verschiedene Aromen bald die Luft erfüllten. Auf den Tisch von Paul und Papajanis stellten sie eine ovale Schüssel mit rotem Fisch in einer braunen Soße. Papajanis zerlegte den Fisch fachmännisch und sie fingen an zu essen. Die Gäste zeigten ab und an mit Ausrufen der Verzückung, wie sehr ihnen die Gerichte mundeten. Nach dem Hauptgericht wurden die Desserts aufgetischt, deren Anblick und Duft erneut Begeisterung bei Groß und Klein auslösten.

Giovannis Schüler war während des ganzen Abendessens offenbar damit beschäftigt, seine Eindrücke von jedem Bissen niederzuschreiben.

Nach dem Essen gingen viele Gäste in den Teil des Salons am Kamin. Und obwohl Paul todmüde war, bat er Papajanis, noch ein bisschen dort zu sitzen. Als er aufstand, lächelte der Empfangschef.

„Sind Sie zufrieden, Monsieur Martin?“

„Oh, das war das beste Abendessen meines Lebens. Alles war so lecker!“

„Immer zu Ihren Diensten.“ Der Chef zerfloss geradezu in seinem zufriedenen Lächeln. Dann wandte er sich Papajanis zu: „Wie sieht es bei Ihnen aus, Meister?“

„Es war genauso hervorragend wie beim ersten Mal, als ich bei Ihnen war. Sie erinnern sich doch?“

„Oh ja“, sagte der Empfangschef mehrdeutig. „Einen Kaffee vielleicht?“

„Ja danke!“

„Und für dich eine Limonade?“

„Danke, die lehne ich nicht ab!“, sagte Paul.

Sie schlenderten zur anderen Seite und setzten sich auf ein Sofa beim Porträt des russischen Schriftstellers. Der Chef brachte ihnen die bestellten Getränke und wandte sich den anderen Gästen zu.

Paul probierte seine Limonade. Die Kohlensäure kitzelte in der Nase und winzige kalte Tröpfchen benetzten sein Gesicht. Schon nach kurzer Zeit waren die Gäste zur Ruhe gekommen und es waren nur noch das Knacken der Scheite im Kamin und das gleichförmige Klopfen der Räder auf den Schienen zu vernehmen. Im gleichen Takt klirrten leise die Flaschen mit dem Hochprozentigen in der Vitrine. Diese Töne untermalten die friedliche Ruhe, die sich in den Herzen der Gäste ausbreitete, und es schien, als könne man so noch eine Ewigkeit aushalten.

Paul bat Papajanis flüsternd, ihm doch die Geschichte der Bekanntschaft mit dem Heiligen Nikolaus zu erzählen.

„Ich weiß nicht recht. Wir könnten die anderen stören“, meinte dieser.

Doch zu seiner Verwunderung mischte sich der grauhaarige Italiener ein: „Wir bitten Sie, das ist doch so interessant. Ich denke, dass die anderen sie auch hören wollen, oder?“

Von den umliegenden Sesseln war Zustimmung zu hören: „Bitte, bitte!“

Kapitel 12

Die Erzählung des Konditors

„Meine Eltern flohen vor dem Griechisch-Türkischen Krieg nach Frankreich“, begann Michalis Papajanis seine Erzählung.

Signor Giovanni nickte zustimmend mit dem Kopf und sagte: „Ja, das war eine schreckliche Katastrophe.“

„Viele griechische Familien, die als Christen außerhalb Griechenlands gelebt hatten, flohen entweder nach Griechenland oder in andere europäische Staaten. Meine Eltern, meine ältere Schwester Maria und ich flohen nach

Paris. Sie nahmen wie andere Migranten jeden Job an, den sie finden konnten. In unserer Heimat war mein Vater ein reicher Händler gewesen und meine Mutter hatte nicht arbeiten müssen, aber in der Fremde war der Neuanfang schwer. Dann erkrankte unsere Familie während einer schweren Grippeepidemie und meine Mutter und meine Schwester starben. Ich blieb mit meinem Vater allein zurück. Mein Vater arbeitete Tag und Nacht, um uns zu ernähren und mir eine ordentliche Bildung zu geben."

Paul erinnerte sich an den Verlust des Vaters und an seine kranke Mutter und dachte bei sich: „Wenn wir zum Nikolaus kommen, werde ich mir nur wünschen, dass Mutter wieder gesund wird." Eine Träne floss seine Wange herunter.

Herr Papajanis bemerkte, dass seine Zuhörer traurig waren, und gab seiner Erzählung eine optimistische Wendung.

„Die Zeit verging und wir hatten uns mit unserem Leid abgefunden. Wenn jeder neue Tag dich vor neue Schwierigkeiten und Sorgen stellt, hast du keine Zeit zum Trübsalblasen. Vater arbeitete und ich lernte. Nach der Schule half ich ihm im Haushalt. Jedes Weihnachten schrieb ich auf meinen Wunschzettel, dass ich mir süßes Weihnachtsgebäck wünsche. Wir hatten kein Geld für ein Festessen und erst recht nicht für Süßigkeiten. Aber für Kinder ist das Süße doch ein Teil von Weihnachten! So geschah es eines Tages, dass ich Nikolaus nicht mehr um Kuchen bat, sondern bloß schrieb, ich würde selbst Konditor werden, wenn ich groß bin, und ihn nie mehr um etwas bitten."

Der Erzähler fasste sich mit seinen großen Händen an den Kopf.

„Ich würde ihn nie mehr bitten, weil ich selbst die Wünsche der Kinder erfüllen würde, und es würden keine Kinder übrig bleiben, die zu Weihnachten kein süßes Gebäck auf dem Teller haben würden."

„Jetzt ist alles klar", lachte Giovanni.

„Kurz darauf zog bei uns ein neuer Nachbar ein", setzte der Konditor seine Erzählung fort. „Er hieß Klaus Noël und arbeitete als Hilfskoch in einem teuren Restaurant im zweiten Bezirk. Er hatte vormittags frei und gab uns oft Essen ab, das übrig geblieben war. Dann begann er, mir zu zeigen, wie man Salate, Essen und Desserts zubereitet. Als ich zwanzig Jahre alt war, war ich schon ganz gut vertraut mit der französischen Küche. Dann lud ihn ein Onkel nach Amerika ein und er verließ Frankreich. Seine französischen und italienischen Kochbücher sowie Töpfe und Gewürze schenkte er mir. Vor seiner Abreise sprach er auch mit meinem Vater und bestand darauf, dass ich eine Kochlehre machen solle. Mein Vater umarmte ihn und dankte ihm dafür, dass er in mir die Liebe zur kulinarischen Raffinesse geweckt hatte. Ich umarmte ihn auch und wir versprachen einander, im Briefkontakt zu bleiben. Seinen ersten Brief erhielt ich kurz vor Weihnachten. Ich erinnere mich an die hübsche große Briefmarke und die vielen Poststempel. Im Brief schrieb er, ich solle fleißig arbeiten und nicht aufgeben. Beigelegt waren Rezepte für Weihnachtsgebäck und zehn Dollar. Das war damals eine riesige Summe für mich. Er nannte mich einen klugen Jungen, der bestimmt das Beste aus dem Geld machen würde.

Den Brief zeigte ich meinem Vater. Der nahm mich zu einem russischen Migranten mit, der in einem wohlhabenden Bezirk in der Annonciation-Straße ein Geschäft für verpackte Lebensmittel eröffnet hatte."

„Dort, wo jetzt Ihre Konditorei steht?", fragte Paul.

„Genau dort. Er erlaubte mir, in der Woche vor Weihnachten einen Tisch vor sein Geschäft zu stellen und Gebäck zu verkaufen. Ich kaufte also alle nötigen Ingredienzien und backte köstliches Weihnachtsgebäck. Mein Vater half mir, die Ware auszulegen. Der Erfolg war überwältigend. Bis Mittag hatten wir alle Küchlein verkauft und die Käufer verlangten Nachschub. Also backte ich wieder und wieder verkaufte sich die ganze Ware wie warme Semmeln. So ging das weiter bis zum Heiligabend. Ich sah ein armes Kind, das sich die Lippen leckte, rief ich es zu mir heran und händigte ihm ‚seine Bestellung' aus. Ich tat einfach so, als wäre die Ware schon bezahlt worden.

Als wir unseren Ertrag zählten, war das eine so große Summe, wie sie mein Vater sonst in einem halben Jahr fleißiger Arbeit kaum verdienen konnte. Dann backte ich noch ein paar Bleche und verschenkte sie an Kinder aus Familien, die so arm waren wie wir. Meinem Vater sagte ich, dass er nicht mehr für ein paar Groschen arbeiten gehen sollte, jetzt da meine Arbeit uns Wohlstand versprach. Stattdessen solle er mir helfen, Geschäfte zu finden, die unser Gebäck verkaufen würden.

Es kam dann so, dass die Läden mit Freude unser Angebot annahmen, weil sich das Gebäck nach den Rezepten des Klaus Noël wunderbar verkaufte. Das war eine sehr glückliche Zeit für mich. Mein Vater verstand, was im Handel Erfolg brachte, und gab mir wichtige Tipps. Ich schrieb viele Briefe an unseren Wohltäter nach Amerika, bekam aber keine Antwort mehr von dort. Nach einiger Zeit erkrankte mein Vater und starb. Die Leere, die er hinterließ, konnte ich nur mit Arbeit ausfüllen. Dazu gab es nun Gerede über einen großen Krieg, der bevorstünde. Der Inhaber des Geschäfts in der

Annonciation-Straße lud mich zu einem Gespräch ein.

‚Na, mein Junge', fing er an. ‚Uns stehen schwere Zeiten bevor. Was hast du vor zu tun?'

Ich sagte, dass ich die ersten Ängste nach unserer Flucht und den schweren Anfang in der Fremde überstanden hatte. Eine neue Flucht sei sinnlos, da ich ja allein war und meine neuen Freunde und Kunden hier waren. Wenn es mir gelinge, ihnen hin und wieder die schweren Zeiten mit meinem Gebäck zu versüßen, umso besser.

Er lobte mich und sagte, dass er genau das von mir erwartet habe. Dann zog er ein mehrfach gestempeltes Papier aus seiner Schublade.

‚Das ist meine Geschäftslizenz, die ich dir hiermit übergebe. Du wirst der Besitzer dieses Ladens sein.'

‚Wie kann das sein?', fragte ich erstaunt. ‚Das Geschäft kostet doch eine Masse Geld?'

„Ja‘, bestätigte er. ‚Ich hoffe, dass du mir die Summe nach und nach schicken wirst.‘

Er werde zu Verwandten nach Amerika reisen und mir von dort schreiben, sobald er angekommen sei.

So war ich plötzlich Eigentümer eines Geschäfts. Wenig später begann wirklich der Krieg und viele Menschen verließen Paris. Von denen, die hierblieben, arbeiteten einige mit den Okkupanten zusammen, andere versuchten einfach weiterzuleben, als wäre nichts geschehen.

Und wieder andere gingen in den Widerstand. Ich bin ja nur ein Konditor. Meine Waffen, das sind die Teigkelle und der Rührbesen, um Creme zu schlagen. Mein Widerstand bestand nicht darin, Menschen zu bekämpfen, sondern den bösen Geist des Krieges, der das Leben vergiftete. Ein verzweifelter Mensch konnte für kurze Zeit sein Leid vergessen, ein verbitterter konnte etwas gutmütiger werden. Das Süße gab ihnen Hoffnung.

Zwar konnte ich während des Krieges nichts verdienen. Im Gegenteil: Meine Ersparnisse schmolzen dahin. Als der Krieg zu Ende war, erhielt ich endlich einen Brief aus Amerika.

Freudig öffnete ich den Umschlag, da ich so lange nichts von meinem Wohltäter gehört hatte. Ein Notar teilte mir mit, dass ich nun Eigentümer des Ladens sei – allerdings nur unter einer Bedingung: Ich müsste weiter als Konditor im Geschäft arbeiten.

Ein weiteres Weihnachtsfest stand bevor. Ich war aus einer Notunterkunft zurückgekehrt, wo ich mein Gebäck an die Armen verteilt hatte. Durch den Briefschlitz hatte jemand einen roten Umschlag mit der Aufschrift „Nikolaus“ gesteckt. Innen befand sich eine Einladung vom

Nikolaus persönlich. Ich sollte ihn in der Weihnachtsnacht in seinem Palast besuchen. Um dorthin zu kommen, sollte ich mich am Nordbahnhof zu einer bestimmten Zeit einfinden.

Zunächst dachte ich, dass mich jemand auf den Arm nehmen wollte. Aber da ich sowieso niemanden hatte, mit dem ich den Feiertag hätte begehen können, beschloss ich, das Spiel mitzuspielen."

Alle Zuhörer hingen gebannt an den Lippen von Papajanis, als er diese wundervolle Geschichte vortrug. Genauer: fast alle. Der rhythmische Sound der Räder und das Knistern des Kaminfeuers hatten ihre Wirkung nicht verfehlt und Pauls Kopf auf den Bauch von Michalis sinken lassen, wo er leise schnarchte. Signor Giovanni legte seinen Finger auf den Mund, damit niemand ihn aufweckte. Sein Schüler, der eifrig mitgeschrieben hatte, legte seine Feder zur Seite. Der Konditor nahm Paul sacht auf seine Arme und trug ihn die Wendeltreppe hinunter. Der Chef begleitete ihn bis zum Abteil, wo Michalis Paul auf sein Bett legte, ohne ihn auszuziehen. Er zog ihm nur die Schuhe aus und deckte ihn zu.

Er war so müde, dass er sich ebenfalls in seiner Kleidung hinlegte und gleich einschlief. Im Traum sah er seine Eltern und seine Schwester. Er sah sich selbst, wie er als junger Mann Gebäck verkaufte. Ein Lächeln erhellte sein gutmütiges Gesicht im Schlaf.

Kapitel 13

Der Angriff

Die Abteiltür schloss sich knackend. „Na endlich!“, sagte Nonnon mit seiner groben Stimme und wandte sich an seinen Begleiter.

„Leise, leise“, flüsterte Ari. „Sie könnten uns hören. Wir müssen noch ein bisschen warten. In Kürze muss der Zug durch einen Wald fahren und bis dahin werden wohl alle Passagiere eingeschlafen sein. Dann dringen wir in ihr Abteil ein. Du kannst das Schloss doch lautlos öffnen, oder?“

„Klar, für mich ist das Kinderkram“, erwiderte der Zwerg. „Da spucke ich drauf und schon ist das Schloss offen.“ Er zeigte ein schmales Messer.

„Hauptsache ohne Lärm.“

„Sie schaffen es nicht mal, Piep zu sagen.“ Mit einer Geste zeigte er, wie er die Kehle durchschneiden würde. „Erst ‚beruhigen‘ wir sie und dann finden wir das, was wir suchen.“

„Nein, mein blutrünstiger Freund! Bevor wir nicht die Lupe wiederhaben, dürfen sie nicht … Du verstehst schon, wir brauchen sie lebend, für den Moment jedenfalls. Was dann passiert, ist egal.“

„Also hör mal!“, widersprach ihm der Zwerg. „Wenn der Junge den Palast lebend erreicht, wird er seine Geschichte über mich erzählen und ihr werdet euren Verbündeten verlieren. Und auch für euch ist es da nicht ungefährlich – der Hirsch und seine Freunde sind am Leben. Wer weiß, wann sie dort ankommen und was ihnen einfällt? Und dieser selbstgefällige Dummkopf Doden schaffte es nicht, den Hirsch zu töten, den ich ihm auf dem Silbertablett serviert hatte.“

Als Paul erwachte, dachte er zunächst, dass er die Ereignisse des letzten Tages nur geträumt hatte. Er schaute sich um. Das Abteil wurde nur von einem gedimmten Nachtlicht erhellt. Auf dem Nachbarbett schnarchte Papajanis. Die Räder rollten gleichmäßig auf den Schienen. Paul legte sich also wieder hin und ließ die Geschehnisse Revue passieren: der ungewöhnliche Waggon, das Abendessen, die erstaunliche Geschichte ...

Da schien es ihm plötzlich, als höre er ihm bekannte Stimmen. Zuerst hielt er das für eine Fortsetzung seines Traums, aber dann wurde klar, dass sie aus dem Nachbarabteil kommen mussten, aus der Nummer 12. Er kannte diese Stimmen. Es handelte sich um Ari und seinen groben Gast.

Paul stand auf und schüttelte Michalis ein paarmal, doch der Konditor wachte nicht auf. Als er weiter an ihm rüttelte, drehte dieser sich auf die andere Seite, drehte Paul den Rücken zu und schlief weiter. Könnte er zum Zugchef gehen? Und was, wenn der mit denen unter einer Decke steckte? Schließlich musste er sie in den Zug gelassen haben.

Im zehnten Abteil war Giovanni. Ob es eine gute Idee war, ihn um Hilfe zu bitten? Oder vielleicht den Polizisten aus Nummer 1?

Paul zog sich seine Schuhe an, warf den Mantel über und trat an die Tür heran.

Im gleichen Moment sagte Ari zum Zwerg: „Geht raus auf den Gang und tut so, als könntet Ihr nicht schlafen. Wenn keiner da ist, dann öffnet Ihr die Tür und klopft dreimal an meine Tür. Hast du das verstanden?"

„Was gibt's da zu verstehen?", erwiderte Nonnon ironisch.

Aus der offenen Tür schaute er in den Gang, der von Nachtleuchten über den Türen und über der Treppe, die nach oben führte, schwach beleuchtet war.

Paul zog die Lupe unter dem Kissen hervor und steckte sie in die Innentasche seines Mantels. Dann faltete er die Decke so, als würde darunter jemand liegen. Darin hatte er Übung, weil er manchmal Pierre damit aufzog. Er lauschte an der Tür, um sich davon zu überzeugen, dass niemand auf dem Gang war. Dann öffnete er leise und ging hinaus. Er wollte das erste Abteil erreichen, sah aber den Rücken des Zwergs, der gerade an der Tür stand, zu der Paul gehen wollte. Paul wollte ins Abteil zurück, bevor der Zwerg sich umdrehen und ihn bemerken würde.

Kurz vor dem Ziel erreichte Nonnon den Jungen und wollte ihn festhalten.

Paul riss sich los und rannte zum Ende des Waggons, wo dieser an die Lokomotive angekoppelt war. Der Zugführer betätigte das Signal, als der Zug auf eine Brücke über einer Schlucht fuhr. Die Tür zur Lokomotive ließ sich nicht öffnen. Auf der kleinen Plattform des Wagenendes erschienen der Zwerg und Ari. Paul rief um Hilfe, aber vor dem Hintergrund des laut tutenden Signalhorns hörte ihn natürlich niemand. Selbst Paul konnte seine Stimme nicht hören. Er stand mit dem Rücken zur kalten Waggontür seinen beiden Gegnern gegenüber.

„Gib uns zurück, was du diesem Herrn gestohlen hast!“, forderte der Zwerg mit böser Stimme.

„Erschreck ihn nicht, er gibt uns von allein alles wieder“, sagte Ari mit einer geölten Stimme, als würde er Paul gegen den Zwerg verteidigen.

Der Zwerg trat einen Schritt zurück. Während Paul noch dachte, es sei wirklich besser, die Lupe im Guten zurückzugeben, damit sie ihn in Ruhe gehen lassen würden, sah er eine Messerklinge beim Zwerg aufblitzen.

Vor Aufregung begann er zu stottern: „Es … Sie … ist … nicht bei mi-mir.“

„Wie?!“, der Zwerg schrie ihn drohend an.

Ari tat erneut so, als würde er Paul zu Hilfe kommen.

„Er hat sich sicher geirrt. Sag, wo die Lupe ist, und wir lassen dich frei.“

Während Ari redete, fühlte Paul nach der Klinke der Waggontür und drückte sie so stark er konnte, so dass diese aufklappte. Eisiger Wind und Schnee stoben so heftig in den kleinen Raum, dass Ari und der Zwerg unwillkürlich zur gegenüberliegenden Tür auswichen.

Mit der linken Hand hielt Paul sich an der Haltestange fest, mit der rechten holte er aus der Innentasche die Lupe, deren Leuchten die Angreifer blinzeln ließ.

„Hier ist sie!“ Im selben Moment warfen sie sich ihm entgegen. Aber Paul schrie, während er die Kostbarkeit hoch über seinen Kopf hob: „Noch einen Schritt und ich werfe sie runter!“

Der Zug fuhr immer noch auf der Brücke über die Schlucht. Paul hatte natürlich Angst, aber die bösen Gesichter erschreckten ihn noch mehr.

„Gib sie uns und wir lassen dich in Ruhe“, versprach Ari und streckte seine langen Finger wie Greifarme zu dem Jungen hin.

Jetzt endlich hatte der Zug die Brücke verlassen und tauchte in tiefe Schneewehen ein. Paul nutzte diesen Moment, um in die Dunkelheit zu springen.

Als seine Feinde in der Tür standen, um nach ihm Ausschau zu halten, konnten sie nichts sehen. Er war Hals über Kopf den Abhang runtergerollt und hatte nur darauf aufgepasst, die Lupe nicht loszulassen.

Kapitel 14

Die Rettung

In den wenigen Nachtstunden, in denen die Wölfe nicht durch die Gegend streiften, konnten sich die Hasen frei bewegen. Noch war die Nacht die Herrscherin des Raums, in wenigen Augenblicken aber würden die Morgenröte und die ersten Sonnenstrahlen das Tal erhellen, das zwischen dem Wald und der Eisenbahnstrecke lag.

Genau zu dieser Zeit musste der Zug erscheinen, dessen lärmende Räder die Wölfe verschreckten. Seine Frontlichter tauchten kleinen Sternen gleich weit hinten in der Schlucht auf. Indem sie dem Streckenverlauf des Bergbachs folgten, schlängelten sie sich mal nach links, mal nach rechts. Wenn dann der Zug auf die Brücke fuhr, verstärkte sich der Lärm und die Scheinwerfer erhellten nun das ganze Tal.

In der Nacht vor Weihnachten hatte die Hasenfamilie, die unter den Zweigen einer großen Tanne lebte, die Kleinen im Schnee herumtollen lassen, als etwas Unerwartetes geschah. Der Zug hatte sich wie immer genähert, die Signaltöne der Lokomotive waren nicht zu überhören und der Lärm verringerte sich gerade, als der Zug die Brücke überquert hatte, als plötzlich etwas aus dem Zug fiel und den Abhang hinunterrollte, direkt auf die kleinen Hasen zu.

Paul blieb liegen und fand keine Kraft, sich zu rühren. Plötzlich war er todmüde. Es schien ihm, als würde seine Mutter einen Kuss auf seine Stirn drücken, um ihn zu wecken.

„Mama, ich gehe heute nicht zur Schule“, murmelte er schlaftrunken.

Aber seine Mutter hörte nicht, auf seine Stirn zu küssen. „Na gut, na gut, gleich stehe ich auf!“

Als er die Augen öffnete, sah er die rosafarbene Nase eines Hasen, der ihn angeschubst und seine Stirn geleckt hatte. Nach und nach kam er zu sich und erinnerte sich an das, was zuletzt geschehen war. Ein Gedanke tauchte mit Dringlichkeit auf: „Wo ist die Lupe?“ Als er versuchte, seine Hände zusammenzudrücken, merkte er, dass die Lupe in der rechten Hand lag, die vor Kälte taub geworden war. Er versuchte, seine Finger zu bewegen, aber sie gehorchten nicht, weil sie verkrampft waren. Mit Mühe richtete er sich auf die Knie auf. Die Hasen sprangen erschrocken zurück, aber nicht weit, denn gleichzeitig waren sie neugierig, was der

Mensch da tat. Paul rieb die linke Hand am groben Mantelstoff und als sie sich ein bisschen erwärmte, streckte er einen Finger nach dem anderen, bis er die Lupe wieder in der Innentasche verbergen konnte.

Jetzt richtete er sich ganz auf, um sich umzuschauen. Hinter der Eisenbahnstrecke erhob sich eine Felswand. Gegenüber breitete sich in einem Halbkreis Wald aus. Rechts sah er die Brücke, über die der Zug gefahren war. Auf seiner Höhe war ein freies Feld, eine Art flaches Tal, das sich bis zum Wald erstreckte. Paul erinnerte sich, dass eine Bahnstrecke früher oder später immer zu einer Siedlung führen würde.

Daher rieb er sich erneut die Hände, um sie zu wärmen, und ging in Richtung der Gleise, denen er folgen wollte. Ein paar Hasen sprangen um ihn herum. Es wurde langsam hell. Der Wald und die Berge sahen bei Licht weniger düster aus und erfreuten sogar das Auge.

Während Paul lief, dachte er an Michalis Papajanis. Was der wohl so machen würde? Bestimmt würde er eine Suche organisieren, sobald er sein Verschwinden bemerkte. Was, wenn Ari und sein schrecklicher Begleiter sich an ihm für Pauls Verschwinden würden rächen wollen? Paul wurde kalt bei diesem Gedanken und er versuchte, an etwas anderes zu denken.

Zu dieser Stunde versammelten sich am anderen Ende des Waldes die Wolfsrudel der Gegend. Man wartete auf hohen Besuch. Gerüchte machten die Runde, dass etliche Wölfe von Hirschen übel zugerichtet worden waren. Einige hatten mit Mühe entkommen können und leckten nun ihre Wunden.

Der schwarze Anführer Doden hinkte merklich, während er unruhig hin und her lief und die anderen anknurrte. Schließlich erschienen Nonnon und der Schamane sowie Ari auf der Lichtung, um die sich dichte Tannen gruppierten.

„Erfreut, Sie zu begrüßen“, knurrte Dodenshaven.

„Für Zeremonien haben wir keine Zeit“, knurrte Nonnon zurück. „Es geht um wichtigere Dinge.“

Der Anführer des Wolfsrudels befahl den anderen Wölfen, sich zurückzuziehen.

Als sie allein waren, teilte Ari mit: „Der Junge, den wir suchen, muss hier in der Nähe sein. Wir müssen ihn finden, um das zurückzuerhalten, was er mir gestohlen hat.“

„Und wenn er dabei selbst in diesem Wald für immer verschwindet, umso besser“, fügte Nonnon finster hinzu.

„Ist das alles?“, fragte Dodenshaven.

„Erst mal ja“, bestätigte Ari.

Doden ließ seine Kiefer knirschen und auf dieses Signal kamen mehrere erfahrene Leitwölfe zu ihm.

„Lasst die jungen Wölfe ausschwärmen, damit sie den Jungen finden. Sie sollen ihn aber nicht gleich töten, sondern lebendig zu mir bringen."

Die Wölfe nickten, zeigten aber knurrend ihre Unzufriedenheit mit dem erteilten Befehl. Dennoch liefen sie los, um die Aufgabe zu erfüllen.

Paul lief neben den Schienen auf einem vom Schnee einigermaßen befreiten Weg entlang. Ein leichter Geruch von Harz lag in der Luft. Die Hasen hoppelten unbeschwert den Bahndamm entlang, als plötzlich ein Heulen der Wölfe aus dem fernen Teil des Waldes ertönte. Aufgeschreckt stoben die Hasen in alle Richtungen davon.

Paul verstand nicht gleich, dass da Wölfe heulten. Ihn verwunderte, dass die Hasen so erschreckt davonliefen, und er drehte seinen Kopf suchend mal in Richtung des Waldes, mal in Richtung der Brücke, auf Hilfe hoffend.

Dabei bemerkte er, dass sich aus der Richtung des Waldes schwarze Punkte auf ihn zubewegten, die noch nicht genauer erkennbar waren. Konnten es Menschen sein, die ihn suchten?

„Ich bin hier! Hier bin ich!“, rief er und winkte mit seinen Armen. Er erhielt aber keine Antwort und schon bald wurde klar, dass da ganz sicher keine Menschen auf ihn zuliefen.

„Wölfe!“ Paul erkannte jetzt die Situation. „*Deshalb* haben die Hasen das Weite gesucht!“

Er drehte um und lief so schnell er konnte in Richtung der Brücke. Da sah er, dass ein Hase auf ihn zulief und ihm Zeichen zu machen schien, als solle er ihm folgen.

Ohne recht zu wissen, was er tat, folgte er dem kuschligen Tier in Richtung einer großen Tanne, die wohl mit ihren dichten Zweigen Schutz vor bösen Räubern bot. Bis dahin waren es wohl noch zweihundert Schritte, die aber im tiefen Schnee erst mal überwunden werden mussten. Als er sich umdrehte, um nach den Verfolgern Ausschau zu halten, fiel er hin. Sie näherten sich auf jeden Fall, waren aber noch ein gutes Stück weg.

„Du hast keine Zeit, im Schnee zu liegen", ermunterte er sich, sprang auf und lief weiter, obwohl er bei jedem Schritt bis zum Knie einsank. Obwohl er schon schweißgebadet war von der Anstrengung, zwang er sich, den Rhythmus beizubehalten und gleichmäßig zu atmen, wie ihm im Sportunterricht beigebracht worden war. Erneut sah er sich um und bemerkte, dass sich der Abstand der Verfolger zu ihm schneller verringert hatte als sein

Abstand zur Tanne. Aber immerhin war die Tanne jetzt schon ganz nah – etwa zwanzig Schritte waren noch übrig. Plötzlich schlug der Hase einen Haken. Offenbar wollte er die Verfolger von Paul ablenken. Tatsächlich folgten einige Wölfe ihrem natürlichen Jagdinstinkt, als sie den Hasen sahen. Allerdings knurrte der hinter ihnen laufende Leitwolf so wütend, dass die Wölfe vom Hasen abließen.

Aber es war zu spät. Gerade noch rechtzeitig hatte Paul die Tanne erreicht und begann, auf ihr nach oben zu klettern, wobei der Schnee von den Zweigen auf die Wölfe fiel, die ihn anknurrten, aber nicht erreichen konnten.

Zwar hatte er Angst vor den Raubtieren, die immer wieder an der Tanne hochzuspringen versuchten und ihre Zähne fletschten. Aber er sah, dass er in Sicherheit war, und begann, mutiger werdend, sie mit Tannenzapfen zu bewerfen, die hier in Hülle und Fülle wuchsen.

Weitere Wölfe trafen ein und versuchten eine neue Angriffstaktik. Ein rötlicher Wolf mit schwarzem Kragen sprang hoch und biss sich an einem Tannenzweig fest. Andere versuchten, seinem Beispiel zu folgen, bis der ganze dicke Ast mitsamt den Wölfen abbrach und die Tiere übereinanderpurzeln ließ. Paul warf dem Rotpelz übermütig einen Zapfen direkt aufs Auge und der schickte ihm einen so bösen Blick zurück, dass dem Jungen gleich nicht mehr zum Lachen zumute war. Es mochte zwar unangenehm sein, mit Zapfen beworfen zu werden, aber besonders wirksam war die Taktik nicht, denn die Wölfe hatten mehr Angst vor ihrem Leittier als vor Paul.

Der Hase, der Paul geholfen hatte, war inzwischen so schnell, wie es ging, zu seiner Hasenfamilie in Richtung der Brücke zurückgehoppelt.

Zur gleichen Zeit waren die Hirsche des Weihnachtszuges unter Führung von

Rudolf von ihrem Kampf mit den Wölfen zurückgekehrt.

„Wir haben sie ganz schön erwischt“, sagte Tänzer.

„Ja, das war lustig“, bestätigte Schneller.

„Es fällt uns immer schwerer, uns der Wölfe zu erwehren, und immer öfter lauern sie uns auf“, bemerkte Rudolf weniger optimistisch.

„Vielleicht sollten wir zum Palast des Heiligen Nikolaus zurückkehren?“, fragte Tornado.

„Ja, schließlich ist bald Weihnachten!“, rief Komet.

Die restlichen Hirsche schwiegen.

„Ich habe kein Recht, euch zurückzuhalten, und ihr könnt natürlich zum Palast laufen. Aber ich für meinen Teil kann erst dann dorthin kommen, wenn ich die Zauberlupe gefunden habe“, beschloss Rudolf.

„Wir werden uns doch nicht wie der verräterische Maral benehmen?“, fragte Donner.

„Man muss fürchten, dass er des Ruhmesnamens Blitz unwürdig ist!“, sagte Cupidon, obwohl das gerade von ihm niemand erwartet hatte.

„Ich glaube, für uns alle zu sprechen: Wir werden da sein, wo unser Anführer ist, auch wenn es uns das Leben kosten sollte“, sagte Schneller bestimmt.

„Oder aber Schande“, meinte Springer traurig.

Die anderen sahen ihn entsetzt an.

„Nein, nein, ich bleibe natürlich. Nur …“ Er redete nicht weiter.

„Wir bleiben“, sagte Donner.

„Ich bin euch sehr dankbar, Freunde, denn wenn ihr es nicht geschafft hättet, mir an der Brücke zu Hilfe zu kommen, dann wäre ich nicht mehr am Leben. Ich habe kein Recht, euch dem Risiko auszusetzen. Ich glaube, dass uns nicht viel Zeit bleibt. Komet hat recht: Den Heiligen Nikolaus dürfen wir nicht im Stich lassen so kurz vor Weihnachten. Ich befehle euch, zum Palast zurückzukehren …“

Er hatte seinen Satz noch nicht ganz zu Ende gesprochen, als genau zwischen Donners Füßen der Hase auftauchte, der Rudolf zuvor den Weg gewiesen hatte.

Donner scharrte verwundert mit seinem Huf und sagte unwirsch: „Was soll das denn?“

Der Hase legte seine Ohren an und zog sich zu Rudolf zurück.

„Was zitterst du denn? Sprich, hab keine Angst“, sagte dieser väterlich.

„Dort, dort an der Brücke auf der Tanne. Dort sitzt ein Junge und die Wölfe haben ihn gejagt und umzingelt und ihm blieb nichts übrig, als auf die Tanne zu klettern.“ Der

Hase nahm seinen Kopf besorgt zwischen die Pfoten.

Rudolf sah seine Freunde an und sagte: „In dem Fall wird das unsere letzte gemeinsame Schlacht. Aber nur, wenn ihr versprecht, direkt danach zum Palast zurückzukehren.“ Hiermit schaute er jedem streng in die Augen.

Sie senkten die Köpfe und ihre Geweihe berührten die Erde.

„Dann auf zum Kampf!“

Sie stellten sich paarweise in der Formation des Weihnachtszuges auf, mit Rudolf als Leittier, und eilten dem Jungen zu Hilfe.

Die Tanne war noch immer der Schauplatz der Versuche der Wölfe, den Jungen zu Fall zu bringen. Sie verbissen sich in den Ästen und zerrten an ihnen, so dass der Baum bedrohlich schwankte. Paul wiederum klammerte sich an den Baum und schaute immer wieder in Richtung des Waldes und in Richtung der Bahngleise, ob nicht Hilfe in Sicht war. Aber niemand war zu sehen.

„Könnte es wirklich sein, dass ich hier mein Leben lassen muss?“, fragte er sich. „Und dass ich Mutter nicht mehr wiedersehe?“

In seiner Not rief er so laut er konnte: „Mama, Mama!“

Sein Schrei hallte bis zum Rand des Waldes und Rudolf hörte ihn dort. Auch er hatte in seiner größten Not, umzingelt von Wölfen, nach der Mutter gerufen. So schnell er konnte eilte er in die Richtung des Schreis, so dass seine Freunde mit ihm nicht mithalten konnten. Er flog förmlich wie ein Pfeil aus dem Wald heraus in Richtung der Tanne, auf der Paul noch immer versuchte, sich am Stamm festzuhalten und den fletschenden Zähnen zu entkommen, die nach seinem Bein oder seinem Mantel schnappten.

Der Wolf mit dem rötlichen Pelz bemerkte Rudolf als Erster. Auf sein Kommando rannte das halbe Rudel dem Angreifer entgegen.

Im nächsten Moment lag der Rotpelz bewegungslos im Schnee. Die anderen erstarrten für einen Moment, waren aber gleich wieder bereit, gegen Rudolf zu kämpfen. Weitere Wölfe flogen zur Seite, aufgeschlitzt von den spitzen Geweihenden. Rudolf kam der Tanne immer näher.

Die Wölfe, die eben noch nach Paul geschnappt hatten, griffen jetzt den Hirsch an. Die Tatsache, dass sie die Äste plötzlich losließen, führte dazu, dass die Tanne zurückschnellte und Paul im hohen Bogen herunterflog. Er landete genau zwischen Rudolf und den Wölfen.

Zum Glück hatten die anderen Hirsche mittlerweile aufgeholt und griffen ihrerseits die Wölfe an. Vor dieser Übermacht konnten diese nur noch fliehen – bis auf die, die bereits erledigt waren.

Rudolf trat an den Jungen heran. „Zeit aufzustehen, statt hier rumzuliegen“, sagte er halb scherzend.

Paul riss seinen Mund erstaunt auf und fragte: „Können Hirsche denn reden?“

„Und wie sieht’s mit dir aus? Sollten kleine Jungs allein im Wald rumlaufen?“, beantwortete der Hirsch Pauls Frage mit einer Gegenfrage. Beide lachten. Paul konnte seinen Blick nicht von Rudolfs Nase abwenden, die leuchtete wie ein Rubin.

„Ich heiße Rudolf“, stellte sich der Hirsch vor. „Und wer bist du?“

Paul stellte sich vor.

„Und was machen Sie hier in dieser Gegend, Paul Martin“, interessierte sich Rudolf.

„Ich ... Ich fuhr im Zug“, begann Paul seine Antwort etwas unsicher. Sein Herz war noch so von seiner Angst beherrscht, dass er gar nicht mehr wusste, wohin er eigentlich gefahren war.

„Im Zug?“, fragte Rudolf nach und schaute seine Freunde bedeutungsvoll an.

„Ja, und dann ...“ Er stockte wieder, dachte nach und zog schließlich aus seiner inneren Manteltasche die Zauberlupe hervor. „Hier!“, zeigte er den Hirschen den Schatz.

Rudolf klappte vor Verwunderung das Maul auf. Er fragte: „Woher hast du denn plötzlich die Zauberlupe?“

„Ich habe sie einem bösen Menschen weggenommen, der befohlen hatte, sie zu stehlen. Er heißt Ari. Gestohlen hat sie ein anderer, nicht weniger böser Mensch, der wie ein Zwerg aussieht. Sie haben mich bedrängt und deshalb musste ich aus dem Zug springen.“

Aus dem Wald war erneut Wolfsgeheul zu hören. Was hatte das zu bedeuten? Jedenfalls war keine Zeit, alle Details von Pauls

Geschichte abzuwarten. „Du kannst später zu Ende erzählen“, sagte er Paul. „Jetzt müssen wir aufbrechen.“

Er bog ein Knie und senkte seinen Kopf so, dass Paul auf seinen Rücken steigen konnte, wobei er sich am Geweih hochzog.

„Halt dich gut fest!“, befahl er dem Jungen.

„Vorwärts, Freunde!“, rief Rudolf aus und die ganze Gruppe machte sich auf den Weg nach Norden.

EPILOG

Im Kabinett des Heiligen Nikolaus war der große ovale Tisch gedeckt. Etliche junge Zwerge waren damit beschäftigt, die letzten Vorbereitungen zu treffen. Der Herr des Hauses saß am Schreibtisch und sah etliche Briefe mit Wunschzetteln durch. Neben dem Tisch stand ein Zwerg im Goldkaftan, der Paul und Rudolf in der Lobby begrüßt hatte. Der Nikolaus machte auf den Kinderbriefen Anmerkungen und der assistierende Sekretär sortierte nach eigenen Prinzipien die Zettel in rote oder blaue Taschen ein.

Der Nikolaus schaute auf die Uhr über dem Kamin und dann auf seinen Sekretär, der die Frage auch ohne Worte verstand.

„Sie haben gegessen und erholen sich jetzt. Die restlichen Hirsche erhalten ebenfalls alles, was sie brauchen."

Der Nikolaus schaute erneut fragend durch seine Brille.

„Ja, der Junge, der Paul heißt, möchte Sie sehen."

„Das wird geschehen. Hat er denn geschlafen?"

„Er wurde ins Schlafzimmer geführt, erklärte aber, erst schlafen zu wollen, wenn er Sie sehen durfte."

„Ein ziemlich hartnäckiger Junge, oder?"

„Was er erleiden musste, war sehr viel für sein Alter. Nicht jeder Erwachsene hätte das durchgestanden."

„Ich habe von Anbeginn an ihn geglaubt."

Der Zwerg starrte ihn ungläubig an, wollte aber nicht nachfragen, obwohl die Frage wie eine Fliege in seinem Kopf herumschwirrte.

Es fühlte sich an, als würde die Fliegenfrage immer wieder gegen eine Scheibe stoßen.

„Du wunderst dich? Natürlich wusste ich, was da vor sich ging.“

Paul war furchtbar müde und es half ihm nicht, die Wände und die Schlafzimmereinrichtung immer wieder zu betrachten. Er trat an die Tür heran und legte sogar sein Ohr dagegen, als diese sich plötzlich öffnete. Paul erschrak ein bisschen.

„Oh, verzeihen Sie!“ Vor der Tür standen dieselben zwei Zwerge, die ihn und Rudolf am Kamin bedient hatten.

„Mir schien, dass hinter der Tür Lärm war, und ich entschied mich …“, versuchte Paul sich zu rechtfertigen.

Die Zwerge schauten einander belustigt an.

„Wir haben wenig Zeit. Folgt uns“, sagten sie einstimmig.

Das wiederum fand Paul sehr komisch und er musste sich zurückhalten, um nicht loszulachen. Die Zwerge warfen sich erneut Blicke zu.

Durch lange Korridore gingen sie dann zu dritt an vielen verschiedenen Türen vorbei. Paul bemerkte, dass sie denselben Weg nahmen, dem auch er und Rudolf nach der Bekanntschaft mit den fröhlichen Zwergen gefolgt waren. Am Ende des Korridors war eine solide Eichentür. Die Zwerge öffneten sie für Paul und er sah wieder jenen Saal, an dessen Decke der große Kronleuchter in Form eines Weihnachtssterns hing. Genau darunter stand jetzt eine große Tanne und um die Tanne herum standen viele Leitern, auf denen Zwerge geübt herumturnten, um den Baumschmuck anzubringen.

„Das ist der Saal des Bethlehem-Sterns. Von hier aus macht sich jedes Jahr in der

Weihnachtsnacht der Weihnachtsschlitten mit dem Hirschgespann auf seinen Weg“, erklärte der Zwerg Elly, den man von seinem Zwillingsbruder Kolly durch seinen rötlichen Bart unterscheiden konnte, bedeutungsvoll.

„Siehst du den Schlitten da?“ Kolly zog Paul am Ärmel und zeigte in Richtung des goldgeschmückten riesigen Gefährts, das mit einem großen roten Sack beladen war. Das obere Ende war offen und wurde nach und nach mit hübsch verpackten Geschenken gefüllt, wobei die Zwerge in einer Reihe standen und sich von Mann zu Mann die Päckchen weiterreichten.

Paul bemerkte, dass der Sack eigentlich längst gefüllt sein musste, aber es schien in ihm unendlich viel Platz zu sein, um noch mehr Geschenke aufzunehmen.

„Das ist ein Geschenk der Elfen.“

„Was?“, fragte Paul nach.

„Der Schlitten, der die angespannten Hirsche fliegen lässt“, antwortete Elly.

„Wie auch der Sack, der Platz auch für das hat, was eigentlich nicht hineinpassen kann“, fügte Kolly hinzu.

„Elfen?“, wunderte sich Paul. „Werden wir sie sehen?“

„Nein“, erwiderten Elly und Kolly einstimmig.

„Warum?“

„Sie kommen nur einmal im Jahr, eine Woche vor Weihnachten, und bringen die Geschenke. Drei Tage bleiben sie unsere Gäste und verschwinden dann wieder bis zum nächsten Jahr.“

Plaudernd waren sie so durch den ganzen Saal gegangen und kamen nun an einer goldenen Tür an.

„Hinter der Tür ist die Ruhmesallee“, erklärte Elly bedeutungsvoll und öffnete die beiden Flügel, so dass ein breiter Gang sichtbar wurde.

Vor Paul tauchte plötzlich ein Zwerg in einer staubigen Schürze auf, schaute ihm direkt ins Gesicht und verschwand wieder. Paul reagierte auf die unerwartete Begegnung erschrocken, aber seine beiden Begleiter lachten nur fröhlich. Da wurde ihm selbst auch leicht ums Herz und er lachte mit. Die Wände der Ruhmesallee waren von oben bis unten mit geschnitzten Reliefs geschmückt, die verschiedene Szenen darstellten. Diese Schnitzkunst kannte man aus alten Kirchen, wo sie meist in der Nähe des Altars angebracht war, nur bestand die Darstellung aus realistischen Figuren, die sich sogar leicht zu bewegen schienen. Paul schenkte seine Aufmerksamkeit einem Hirsch, der mit seinem Geweih ein Rudel Wölfe abwehrte.

„Ist das Rudolf?“, fragte Paul.

„Nein“, sagte Elly traurig, „das ist sein Vater, der große König der Hirsche, während seiner großen Schlacht, in der er die Wölfe besiegte.“

Daneben war eine Szene mit einem Mädchen auf einem von Hasen gezogenen Schlitten, das vor Füchsen floh.

„Und wer ist das?“, fragte der Junge.

„Das ist Marta aus Kopenhagen“, antwortete Kolly lächelnd. „Siehst du die Blume in ihrer Hand? Das ist die Zauberblume des Frühlings, die sie gerettet hat.“

„Über sie wusste ich gar nichts.“ Paul drehte seinen Kopf nach rechts, nach links, nach oben und nach unten, wo er viele Figuren sah, die vor etwas oder jemandem davonliefen oder hinter jemandem herliefen. Einige weinten, andere lachten, eine umarmte jemanden und freute sich offensichtlich. „Sind das alles reale Geschichten?“

Er hatte seine Frage noch nicht beendet, als er den Zwerg sah, der ihn am Eingang so komisch angesehen hatte. Dieser war damit beschäftigt, eine neue Szene zu schnitzen, und stand auf einer Leiter, von der er immer wieder in Pauls Richtung schaute. Dabei schnitt und klopfte er, was das Zeug hielt. Es staubte nur so. Zwei Helfer mit kleinen Besen waren damit beschäftigt, den Schmutz wegzufegen.

Paul und seine Begleiter blieben kurz stehen und warteten, dass auch vor ihnen der Staub weggefegt würde. Neugierig besah sich Paul die Arbeit des Zwergs: Was würde dieser dort an der Wand darstellen?

Was er sah, konnte er kaum glauben. Er selbst entstand dort unter den geübten Händen als Porträt eines Jungen, der auf einer Tanne saß und Tannenzapfen auf Wölfe warf!

Ihm war, als hätte er seine Zunge verschluckt. Er war sprachlos. Immerhin konnte er in die Hände klatschen. Nie hätte er sich träumen lassen, dass er seinen Platz unter den Helden der Weihnachtsgeschichte erhalten würde.

Sie setzten ihren Weg fort und standen bald vor einer großen Eichentür. Kolly klopfte dreimal an. Hinter der Tür erscholl eine Stimme: „Tretet ein."

Elly öffnete mit einer Hand die Tür und verneigte sich vor Paul. Kolly machte ebenfalls eine Verbeugung.

„Ich danke euch", sagte Paul und umarmte erst den einen und dann den anderen. Er verabschiedete sich von ihnen und trat ein.

Im hinteren Ende des geräumigen Zimmers saß an einem großen Schreibtisch ein kräftiger Mann mit weißen Haaren und weißem Bart. Er schaute durch seine Brille, lächelte etwas, gerade so wie auf dem Porträt, das der Junge im Zug gesehen hatte. Links vom Eingang stand ein großer Tisch, auf dem sich das Licht der Kerzen im Glanz des festlichen Geschirrs spiegelte. Die Gäste, die dort saßen, erkannte Paul gleich wieder – es waren die Reisenden des Weihnachtswaggons. Sie erhoben sich von ihren Plätzen, um den Jungen zu begrüßen. Paul verneigte sich schüchtern in ihre Richtung und drehte sich wieder zum Hausherrn um. Dieser gab ihm ein Zeichen, dass er sich in einen Sessel setzen sollte. Mit tiefer Bruststimme, die das ganze Zimmer erfüllte, lud er ein: „Setzen Sie sich, Paul Martin!“ Vater Nikolaus lächelte und sagte an die anderen Gäste gewandt: „Setzen Sie sich bitte, wir sind gleich bei Ihnen.“

Paul setzte sich. Vater Nikolaus schaute ihn so aufmerksam an, als würde er auf seinem Gesicht etwas lesen. Paul fühlte sich irritiert. Dann erinnerte er sich, dass die Zauberlupe immer noch in seiner Manteltasche war. Er zog sie heraus. Sie leuchtete und spiegelte das Licht. Er hielt sie für einen Moment und streckte sie dann dem Nikolaus mit folgenden Worten hin: „Die gehört Ihnen."

„Woher weißt du, dass sie mir gehört?"

Die Frage kam für Paul unerwartet. Er hatte gedacht, die Lupe würde ihm Dankbarkeit oder wenigstens Freude bringen, aber der Blick des Heiligen Nikolaus erschien ihm streng.

„Ich nahm sie bei dem Menschen an mich, der sie bei euch gestohlen hat." Er hatte sich zwingen müssen, dies auszusprechen.

„Und wie kam es dann dazu, dass du bei diesem Menschen warst?", fragte der Weihnachtsmann etwas ironisch. Paul fand das aber gar nicht lustig.

„Wir hatten uns auf der Straße kennengelernt und er hat mich zu sich nach Hause eingeladen."

„Unter welchen Umständen?"

Paul wollte dem Heiligen Nikolaus eigentlich ins Gesicht sehen, aber aus irgendeinem Grund gelang es ihm nicht, den Kopf zu heben, als lastete ein Gewicht auf ihm.

„Ich ... Ich hatte auf das Plakat geschrieben, dass Weihnachten eine Lüge sei und dass es den Weihnachtsmann nicht gebe. ... Verzeiht mir!“ Nach diesem Geständnis wurde ihm ganz leicht zumute, als wäre das Gewicht von ihm abgefallen. Er hob seinen Kopf und sagte noch mal lauter: „Verzeiht mir, bitte!“

Vater Nikolaus sah in lächelnd an, stand hinter seinem Tisch auf und streckte Paul die Hand hin. Eine ihm unbekannte Kraft zog Paul aus dem Sessel und er fand sich in einer kräftigen Umarmung wieder. Das dritte Mal genoss es der Junge bereits, um Verzeihung zu bitten: „Verzeihen Sie mir!“

„Und geht es dir nun besser?“, fragte Vater Nikolaus mit gütiger und zärtlicher Stimme.

„Ja! Ja! Danke!“, antwortete Paul.

„Ich erkläre dir, welchen Gegenstand du mir zurückgebracht hast. Die Zauberlupe ist ein Geschenk des Großen Magisters der Zwerge Aristos des Großen. Sie eröffnet uns die tatsächlichen Herzenswünsche. Jemand meinte, dass er, wenn er über sie verfügen würde, die Welt beherrschen könnte! Aber die Welt kann nur von Liebe beherrscht werden. Ich schenke sie dir – du hast sie verdient.“

Paul war wieder überwältigt und verunsichert.

„Wofür soll ich sie denn haben? Ihr braucht sie doch, um die Briefe der Kinder richtig lesen zu können.“

„Da hast du recht. Du brauchst sie nicht wirklich, denn dein liebendes Herz erkennt das, was von Herzen kommt, ohne irgendwelche Geräte.“

Er nahm Paul an die Hand und führte ihn zum Tisch, wo die anderen Freunde beide schon erwarteten.

Sie sangen ein Weihnachtslied, der Weihnachtsmann segnete den Tisch und die Feier begann. Zwerge tauchten wie aus dem Nirgendwo auf und begannen, mit kalten und heißen Speisen um den Tisch zu laufen, von dem begeisterte Ausrufe erklangen wie: „Genauso hat meine Mutter das zubereitet." Oder: „Das ist meine Lieblingsspeise, die meine Oma immer für mich machte."

Paul bekam eine in verschiedenen Farben schillernde Weihnachtssülze mit den verschiedenen Gemüsesorten Möhren, Radieschen und Lauch. Dazu wurde ein Töpfchen mit Mayonnaise gereicht. Er gab etwas Mayonnaise auf den Tellerrand und probierte dann einen Löffel Sülze mit der Mayo dazu. Vor Vergnügen schlossen sich seine Augen und er erinnerte sich, wie er in der Kindheit bei seiner Oma väterlicherseits gegessen hatte. Es fühlte sich so an, als säße rechts von ihm seine Mutter und links sein Vater. Und die Oma zeigte ihren Stolz auf den Enkel. Ja, so war es damals gewesen. Er wollte am liebsten seine Augen gar nicht öffnen, so gut fühlte es sich an. Es schien ihm, als könnte er sogar ihren Atem spüren. Als die Sülze im Mund zerschmolzen war, machte er doch die Augen auf. Eine Träne war die Wange runtergekullert und er fühlte den liebenden Blick von Vater Nikolaus auf sich ruhen. Es war, als wüsste dieser genau, auf welcher Gedankenreise der Junge gewesen war und was ihn so tief berührt hatte.

Dann wandte sich der Vater der Weihnacht an seine Gäste: „Es ist kein Zufall, dass ihr alle als Zweierpaare zu mir gekommen seid. Manche von euch werden hierbleiben. Andere zurückkehren. Sie dürfen mich etwas fragen oder sich etwas wünschen für sich oder ihre Nächsten. Ich werde mir Mühe geben, zu antworten oder den Wunsch zu erfüllen.“ Er zeigte auf das kleine Mädchen und sagte: „Du bist die Jüngste hier und bist als Erste dran – natürlich nur, wenn keiner was dagegen hat.“

Alle riefen: „Bitte, bitte!“

Das Mädchen errötete und sah fragend auf die neben ihr sitzende Signora.

„Anna, helfen Sie ihr!“, ermunterte der Heilige Nikolaus sie.

Paul erinnerte sich an Michalis Papajanis und wollte fragen, wo er war, aber Vater Nikolaus machte ihm ein Zeichen zu warten, bis er an der Reihe sein würde.

Das Mädchen flüsterte der Signora etwas ins Ohr und diese lachte und nickte mit dem Kopf.

Elsa stand auf und fragte: „Kann ich Euch immer sehen und mit Euch sprechen, wenn ich will?“

„Das wird eine Ehre für mich sein. Immer – egal wo du bist – kannst du dich an mich wenden und ich werde dir antworten, liebe Elsa!“

Der Heilige Nikolaus und die Gäste applaudierten.

„Lasst uns jetzt im Uhrzeigersinn fortsetzen. Der Schüler von Signor Giovanni ist an der Reihe. Giorgio, sag, was du wünschst.“

Der junge Mann, der immer sein Notizbuch bei sich trug, stand auf und sagte: „Als Signor Giovanni mir überraschend die Reise vorschlug, riet er mir, jedes Detail aufzuschreiben, was immer ich höre oder sehe. Ich folgte dem Rat und bin sehr froh darüber. Schließlich habe ich so in wenigen Tagen Material für ein ganzes Buch gesammelt. Mein Wunsch und meine Bitte ist die Erlaubnis, dieses Buch zu schreiben.“

„Schreib es, verlege es, mach ein Filmszenarium aus dem, was du gesehen hast.“ Vater Nikolaus klatschte erneut in die Hände.

Als Nächster bekam einer von zwei Männern das Wort. Er war in eine Polizeiuniform gekleidet. Sie hatten untereinander etwas besprochen, was der Uniformierte jetzt vortrug: „Mein Freund André bleibt hier bei Ihnen. Er war mein Partner, der mir immer den Rücken freigehalten hat. Wer das in Zukunft tun wird, weiß ich noch nicht.“

„Ich selbst werde es sein, der dir den Rücken freihält. Wenn du das weißt, wirst du keine Angst haben“, beruhigte ihn Vater Nikolaus und klatschte erneut in die Hände.

Danach stand ein etwa zwölfjähriger Junge auf, der von seinem Großvater begleitet wurde.

„Ich möchte gern wissen, wie Ihr es anstellt, dass alle ihre Geschenke rechtzeitig erhalten und alle Wunschzettel hier eintreffen, ohne dass euch jemand sieht?“

„Das tue ich nicht allein. Es gibt eine ganze Armee von Helfern und du könntest einer von ihnen werden. Ich erwarte dich!“ Erneut klatschte der Heilige Nikolaus in seine Hände und die Sache war beschlossen.

Ein etwa achtjähriges Mädchen aus Afrika saß neben seiner Mutter und meldete sich jetzt zu Wort: „Ich möchte zusammen mit meiner Mutter hierbleiben. Geht das?“

Die Gäste sahen einander gespannt an und zeigten Verständnis für die Bitte des Mädchens.

„Du hast doch noch zwei kleine Brüder. Sollen die auch zu mir kommen oder hilfst du, sie zu erziehen, und ich hole dich dann, damit du bei deiner Mutter sein kannst?“

Das Mädchen schaute seine Mutter an: „Ich werde wohl bei meinen Brüdern bleiben.“

„Das ist die Entscheidung deines liebenden Herzens. Viele werden dich als ältere Schwester und Mutter verehren. Ich werde dir ein Haus geben und werde mich um dich, um deine Brüder und alle anderen kümmern, wann immer du mich bittest.“

Die Entscheidung wurde wie zuvor beklatscht und der nächste Gast erhielt die Chance, seinen Wunsch zu äußern. Es handelte sich um einen etwa zwanzigjährigen Studenten, dem man ansehen konnte, dass er seine Frage schon formuliert hatte und loswerden wollte.

„Bis zum heutigen Tag hatte ich Zweifel an Eurer Existenz, und selbst jetzt, wo ich Euch sehe, habe ich noch Zweifel.“

„Du bist nicht der Einzige“, erwiderte der Weihnachtsnikolaus.

„Ich verstehe noch nicht: Wenn Ihr alles tun könnt und alle Wünsche erfüllt, warum gibt es dann immer noch Hungrige, warum sterben Menschen an Krankheiten, warum gibt es Krieg?“

„Wir tun das, wofür unsere Kräfte reichen, ohne aber die Freiheit der anderen Menschen einzuschränken. Wenn alle Menschen auf der Erde sich für das einsetzen würden, was du angesprochen hast, dann könnte es in Erfüllung gehen. Deshalb bitte ich dich, dein Leben in den Dienst des Friedens zu stellen und gegen das Böse anzukämpfen. Wo Frieden ist, wird Glück möglich."

Der junge Mann hatte sitzend zugehört. Dann stand er auf und sagte: „Das ist eine gute Sache, die ich versuchen will, selbst wenn ich es nicht erreichen kann."

Vater Nikolaus lächelte überaus zufrieden und klatschte erneut in die Hände.

Ein etwa siebenjähriges Mädchen war mit ihrem Großvater hergekommen.

„Ich würde gern Tiere heilen. Die Tiere können nicht sagen, wo es wehtut, und deshalb ist es schwerer, ihnen zu helfen, und man braucht Erfahrung und Intuition dafür.“

„Vor allem braucht es dazu viel Liebe, damit man auch ohne Worte verstehen kann, was dem anderen wehtut. Du hast viel Liebe in dir.“ Wieder zeigte der Nikolaus auf seine Art, dass die Sache geritzt war.

Das Mädchen setzte sich zufrieden und mit vor Vorfreude gerötetem Gesicht.

Abgelöst wurde sie von einem circa achtjährigen Jungen in indischer oder pakistanischer Kleidung, neben dem ein junger Soldat saß.

„Ich würde gern zur Armee gehen wie mein großer Bruder. Klar wäre es gut, wenn es keinen Krieg gäbe, aber da das leider nicht der Fall ist, muss jemand das Land verteidigen!“

„Dunkelheit herrscht, wo es kein Licht gibt. Ein aufgeklärter Mann kann seine Heimat vor den dunklen Kräften der Gewalt und des

Betrugs besser verteidigen als hundert bis an die Zähne bewaffnete Soldaten. Deshalb sollst du lernen! Führe deinen Krieg gegen das Böse, gegen Unwissen, kämpf mit den Verirrungen und sei ein Krieger des Lichts.“

Der Junge sah seinen Bruder an, nickte dann mit dem Kopf, um sein Einverständnis zu zeigen, und setzte sich wieder auf seinen Platz. Vater Nikolaus klatschte zufrieden in die Hände.

Dann erhob sich eine Frau, die mit ihrer Tochter gekommen war.

„Ich möchte Sie bitten, anstelle meiner Tochter hierzubleiben, damit sie nach Hause zurückkehren kann.

Der Heilige Nikolaus schaute ihr traurig in die Augen und sagte: „Sie werden von Ihrem Mann gebraucht. Ich weiß, dass Sie lange auf Ihr Kind warten mussten. Bei mir ist es gut aufgehoben, glauben Sie mir.

In Ihrem Haus wohnt eine Frau, die bald niederkommen wird, aber ihr Baby nicht selbst großziehen kann. Ich bitte Sie daher, sich um die Nachbarin und ihr Kind zu kümmern."

Die Frau war noch nicht überzeugt und zweifelte. Ihre Tochter stand auf, umarmte sie und sagte: „Mir wird es hier gut gehen. Hilf der Nachbarin, Mami."

Die Mutter küsste ihre Tochter und versprach: „Ich werde mich um sie kümmern!"

„Ich danke Ihnen." Vater Nikolaus war so ergriffen, dass er nur leise klatschte.

Als Nächstes sprang ein ungehobelter Junge auf, der wohl dreizehn Jahre alt sein mochte und mit seinem halbwüchsigen Freund im Zug gereist war. Paul erinnerte sich, dass sie im Restaurant ziemlich laut gewesen waren.

„Ich muss doch nachfragen", mit einem Grinsen schaute er seinen Freund an, „ist es nicht so, dass es die Eltern sind, die die

Geschenke unter den Weihnachtsbaum legen und die unsere Wunschzettel lesen?“

„Das ist schon wahr und auch kein Wunder. Aber die Welt, die uns umgibt, ist wunderbar. Sie ist das wahre Wunder!“

Vater Nikolaus lachte gutmütig und schaute Paul an, der jetzt an der Reihe war.

„Ich wollte auch etwas fragen ...“, fing Paul an, aber der Heilige Nikolaus stoppte ihn und sagte: „Tut mir leid, jetzt ist erst mal Zeit für das Dessert.“

Die Türen des Raums öffneten sich und ein silberner Servierwagen mit einer großen Torte wurde hereingefahren. Michalis Papajanis schob ihn. Er wurde von Vater Nikolaus vorgestellt: „Unser Konditormeister, den Sie alle schon im Zug kennenlernen durften. Er hat meine Einladung angenommen, bei mir zu arbeiten – für den Ruhm und die Ehre des Weihnachtsfestes. Sie dürfen von seinem Kunstwerk kosten.“

Paul schaute nicht nur auf die Torte, sondern war vor allem erleichtert, seinen Freund unversehrt und in voller Größe vor sich zu sehen. Ein paar Tränen kullerten seine Wangen herunter. Er schaute Vater Nikolaus fragend an, der mit einem breiten Lächeln die Erlaubnis gab, und umarmte den Konditor aus vollem Herzen. Beide herzten sich und weinten, während die Zwerge die Aufgabe übernahmen, die Torte in große Stücke zu teilen und den Gästen auf die Teller zu legen.

„Nun hört aber auf zu weinen, sonst setzt ihr noch den Raum unter Wasser“, schritt Vater Nikolaus ein und trennte die beiden.

Paul setzte sich und der Konditor legte ihm ein Riesenstück Torte vor die Nase. Zuerst sorgte sich der Junge, dass er so viel nie würde essen können, aber die Torte zerschmolz nicht nur im Mund, sondern war auch von so leichter Konsistenz, dass sie nicht schwer im Magen lag.

Als die ganze Torte sich in Wohlgefallen aufgelöst hatte, stand Vater Nikolaus auf. Die Gäste taten es ihm nach.

„Na dann, die Zeit ist gekommen. Ich danke allen und werde mich auf das Wiedersehen mit euch freuen. Nicht umsonst sagt man: Wenn die Süße der Weihnacht das Herz eines Menschen erreicht hat, wird er den Genuss des Festes nie mehr vergessen. Und denen, die sich entschieden haben, bei mir zu bleiben: Herzlich Willkommen in eurem neuen Leben!"

Die Gäste bedankten sich, klatschten, alle freuten sich wie kleine Kinder.

Der Heilige Nikolaus stand auf und ging in Richtung der Tür, drehte sich aber noch mal um. Paul wollte ihn keinesfalls einfach gehen lassen. Nichts und niemand hätte ihn zurückhalten können. Er musste den Heiligen Nikolaus kräftig umarmen. Auf seinem Rücken spürte er die warmen Hände, die ihn streichelten, und Wärme durchströmte seinen ganzen Körper. Er erinnerte sich, dass er seinen Wunsch noch nicht geäußert hatte: „Mama! Ich habe vergessen, um deine Genesung zu bitten!“ Aber er konnte sich auch nicht aus der Umarmung lösen ...

„Paul! Pau-au-l!“, hörte er. Er wollte antworten, aber es gelang ihm nicht.

Eine bekannte, geliebte Stimme wiederholte: „Pau-au-l, frohe Weihnachten!“

Da öffnete er die Augen, sah das gute Gesicht seiner Mutter, die ihn in den Armen hielt und küsste.

INHALTSVERZEICHNIS